U0045737
為美好的
世界獻上
祝福！13
挑戰書
Kadokawa Fantastic

爆裂特攻小惠惠
阿克婭
「黏土人物模型第二彈，
爆裂特攻小惠惠。
我對這次的作品相當有自信，
這一定也可以賣個好價錢吧。」

這種東西來！
「吶，那個東西也賣一個給我好嗎？」
掀
這個構造連內褲都可以脫下來對吧！」
「不然還有什麼辦法，我的零用錢不夠花啊。」
惠惠

「走吧和真！
限制時間到日落為止！
我們要一直挖到塞滿整個背包！」

這個時候，附近有一名冒險者
正遭受怪物攻擊，
但阿克婭跟維茲依然
專心一意地揮著十字鎬。
「我、我的債款……！」
維茲

「你你、你你是叫我
走入家庭嗎……！」

神祕男子
「妳已經知道我把妳叫到這裡來的理由是什麼了吧？
正如先前見面的時候告訴妳的……
我滿腦子只想著妳，只管一心一意地
不斷鍛鍊這身本領！」
？
「看來那個男人
是為了向維茲告白
特地來到這裡的呢。」

為美好的世界獻上祝福！

CONTENTS

為美好的世界獻上祝福！ 13

給巫妖的挑戰書

曉 なつめ
illustration 三嶋くろね

Kadokawa Fantastic Novels

haracter
和真
職業 冒險者
尼特主角。優點在於幸運值之高。
職業 大祭司
任誰都無法控制的水之女神。專長是宴會才藝。
惠惠
職業 大法師
紅魔族首屈一指的天才。只對爆裂魔法有興趣。
十字騎士
禦的受虐狂女騎士。
大貴族家的千金。
巴尼爾
年齡不詳的大惡魔。在維茲的店裡幫忙。
維茲
在阿克塞爾經營魔道具店的老闆。是個和平主義者卻也是巫妖。
點仔
爾帝

悄然佇立在阿克塞爾巷弄內的魔道具店裡，響起了一如往常的叫罵聲。

「進了任何貨品都會變成垃圾，擁有如此罕見技能的稀有老闆啊。汝就說明一下吾面前這個破爛貨是什麼吧。」

「你怎麼叫人家稀有老闆啊……巴尼爾先生，就算你這樣誇獎我，我也不會放棄進這項商品喔。」

「沒人在誇獎汝啊廢物老闆！快點乖乖說明這有什麼優點！」

儘管對於暴怒的巴尼爾感到害怕，維茲依然遞出布偶。

「這次我進的商品是布偶！當然了，這並不是只有可愛的布偶喔。只要登錄為持有者，它就會自動跟在持有者的身後，是一種相當優秀的魔道具！只要給小朋友帶著這個東西，世界上就不會有走失兒童了！」

「原來如此。那麼，這到底有什麼缺點？」

「是的！即使在沒有走失的時候它也會隨時跟到任何地方去，所以小朋友半夜去上廁所的時候可能會被它嚇哭，大概就只有這樣而已吧！」

聽到這裡，巴尼爾默默在進貨單上打了叉。

「巴尼爾先生，你不想拯救世間的走失兒童嗎！」

「汝就那麼想弄哭世間沒有走失的小鬼們嗎！」

當我們打開魔道具店的店門時，這種一如往常的光景便呈現在我們眼前。

被巴尼爾罵到沮喪不已的維茲一發現我們，便露出笑容說了聲歡迎光臨。

這時，有人遞了一朵小花到維茲眼前。

遞出那朵花的是西兒菲娜。

不久之前才受到這個城鎮的冒險者，以及各式各樣的人們幫助的貴族少女。

「大姊姊，真的非常感謝妳上次那樣幫我……！」

看見少女靦腆的笑容，維茲屈身配合對方的視線高度。

「這裡是維茲魔道具店。我們準備了所有能夠幫助人的商品，等待客人上門。要是妳的身體又不舒服了，或是碰上什麼麻煩的話……這裡隨時歡迎妳來喔。」

說著，她對少女露出溫柔的笑。

第一章 為邂逅寶島獻上祝福！

1

冒險者公會裡響起一個粗獷的聲音。

「媽媽——！」

「貴族豈能容忍你們如此小覷，如此作弄！夠了，你們這些傢伙給我原地跪好！我要宰了你們所有人！」

面紅耳赤的達克妮絲掄起拳頭衝向大聲喊她媽媽的男冒險者。

但那個男人輕而易舉地躲過她的拳頭，依然毫無悔意地大喊：

「媽媽——！妳為什麼要生氣啊？我肚子餓了媽媽——！餵我喝奶咕噎！」

然而，那個男人在一邊調侃達克妮絲一邊逃跑的時候被她拉住後領，發出了被殺的雞一般的叫聲。

氣到太陽穴的血管都已經浮出的達克妮絲總算抓到那個冒險者，因而面露喜悅之色。

就在這個時候。

「達克妮絲，在宴會上動粗是違反禮儀的行為喔。瞧，大家看起來多麼開心，做人要學會識相一點才好喔。」

阿克婭心平氣和地這麼說，讓達克妮絲放開叫她媽媽，調侃她的冒險者，跪倒在地上。

「沒、沒想到我也有被阿克婭說要識相點的一天……」

正當達克妮絲大受打擊時，一名女冒險者一邊賊笑一邊走向她。

「媽媽——！我也有幫忙收集藥材，所以我也要喝奶……痛痛痛痛痛痛痛痛！」

結果原本打算調侃達克妮絲的她，反而被達克妮絲一把抓住胸部，放聲慘叫。

「要喝奶妳自己不是也有嗎！我對力氣還有點自信，我來幫妳擠！」

「住手，拉拉蒂娜快住手——！胸部會被妳擰下來啦——！」

——達克妮絲的女兒……不對，她的堂妹西兒菲娜病倒，大家為了收集藥材幫她治病而四處奔波，還是不久之前的事而已。

藥的效果十分顯著，用不了多久她已經恢復到能夠和我們一起去野餐的程度，現在身體

狀況更是好到可以每天都從達克妮絲的老家去上學了。

而這樣的西兒菲娜開了口，表示想向冒險者們道謝。

於是達克妮絲帶她來到冒險者公會，結果一名冒險者看到西兒菲娜現身，便大喊可喜可賀，舉起酒杯一飲而盡，成了這場喧囂的開端。

「這裡有小孩子在場，大家可以不要胸部胸部的一直叫嗎，真是吵死了！你們再講下去我們家惠惠會不開心，胸部的話題就到此為止吧！」

「阿克婭才是提最多次的人好嗎！而且我並不會因為這樣就不開心，請不要說得好像我對胸部有什麼心結似的！」

瞬間化為宴會會場的公會內到處響起祝福少女康復的聲音和酒杯碰撞的聲響。

在這陣喧囂中心的當然是……

「真、真的非常感謝各位。託各位的福，我才變得這麼健康……」

西兒菲娜害羞地紅著臉，以小到快要聽不到的聲音這麼說，並且露出笑容。

聽見西兒菲娜感謝的話語，冒險者們發出不知道是今天第幾次的歡呼聲。

「好了，今天是達克妮絲請客，大家儘管喝吧！我今天心情非常好，所以就表演壓箱底的必殺才藝給大家看好了！」

「嗚、嗚嗚……我總覺得最近每次來到冒險者公會都一直被調侃，到底為什麼會變成這樣啊……」

醉鬼們依然纏著達克妮絲不放，衝著她喊胸部。

於是，我站到害羞地低下頭的達克妮絲身前護著她……！

「喂，你們夠了喔！」

「和、和真……」

我如此大喝，讓公會內變得鴉雀無聲。

感覺到達克妮絲充滿期待的視線投射在背上的我，決定把該說的事情說清楚講明白，便大聲宣言：

「這對胸部是我的！」

「你去死！」

正當我被達克妮絲掐住脖子的時候。

臉色看起來相當健康的西兒菲娜，露出開心的靦腆笑容。

2

——我的名字是佐藤和真。

說起最近這陣子，我已經過了好一段平穩的日子。

回想起來，我是因為嚮往在奇幻世界冒險而來到這個世界，但時至今日都未曾接過有冒險者感覺的任務。

但是，不久之前，我完成了拯救生病的小女孩這種足以稱為正統派的任務。

接連和眾多強敵戰鬥，最後拯救了生病的小女孩，和夥伴們一起過著幸福快樂的生活。

迎接了這樣美好的結局，前鬮居族的冒險故事，也應該在此落幕了……

沒錯，接下來的故事，該輪到獲得強大力量的真正勇者們上場了。

我不是奇幻世界的主角。

還是負責祈禱世界能夠恢復和平，並且安穩活下去就好。

然後……

「那麼，麻煩在這裡蓋章或簽名。好的，謝謝——！今後我們也會繼續採買各式各樣的高級食材，還請多多關照！感謝您的惠顧——！」

「好，辛苦了！我會再跟你訂喔！」

我想過的是有如暴發戶一般，優雅又頹廢的生活。

「……吶，和真，你到底訂了什麼啊？」

「這個啊？嘿嘿，聽了可別嚇一跳喔。這個呢，就是有名的龍肉！」

這一天。

從經手高級食材的流動攤商買了貨品的我，在大門口高高舉起貨品，對一臉疑惑地這麼問的達克妮絲擺出一副跩樣。

「你說龍肉！你又買了那麼貴的東西……！」

如名稱所示，這是最強的怪物——龍族的肉，而且是據說吃了可以提升各項能力的超高級食材。

「少囉嗦啦貧窮貴族，妳根本就不懂什麼是經濟！」

「咦咦！」

突然被我指著鼻子這麼罵的達克妮絲驚叫出聲。

「妳聽好了達克妮絲。像我這種可以輕鬆賺錢的有錢人，不可以胡亂累積財產，必須卯起來花錢才行。少數的有錢人把持著資產不放會造成經濟停滯。認真說我的行為應該得到讚揚才對。」

我的知識不會錯。

我記得之前好像在電視上看過這種說法。

「是、是這樣的嗎？我接受的教育是奉行剛健篤實，所以很少做出什麼奢侈行為……」

見達克妮絲露出不安的表情，我豎起手指晃了晃。

「妳很笨耶，貴族辦那些奢華的派對是有正當理由的啦。有錢的貴族大筆撒錢，錢就會流到所轄城鎮的庶民手中。庶民手上有錢了，商人就會為了賺錢而聚集到城鎮當中。有商人聚集的城鎮，生活就會變成便利而豐富的適合居住之地，聽到這種傳聞的人會聚集過來成為新的拓荒者。如此一來人口變多了，貴族能夠收到的稅金也會跟著變多。」

「什……！原、原來如此！」

聽了我這番話，達克妮絲感動地驚呼。

我只是因為自己有錢在手所以隨便扯些聽起來有點道理的話而已，反而是她身為貴族千金，卻這麼容易信任別人真的沒問題嗎？

「所以我才像這樣揮霍。而且，我聽說吃龍肉有提升各項能力的效果。不知道為什麼，最近即使吃高級食材提升等級，我的各項能力也沒有成長。為了準備好迎接對抗魔王軍的戰鬥，我才像這樣拿出積蓄來進一步強化自己。」

「和、和真……！沒想到你想了這麼多……如果是這樣，那我也動用老家的財產買龍肉送給你吧！」

這個傢伙未免太老實聽信別人的說詞了吧。

我一個門外漢隨便說說她也照單全收，反而讓我很傷腦筋。

「不、不用啦，量力而為就好了。而且妳懂的，老是吃龍肉應該也會膩吧，我不需要每天都吃喔。我只是聽說這是高級食材，想稍微試一下味道而已，並沒有考慮太多……」

「沒想到你會為了追求力量，甚至不惜吃聽說又硬又腥的龍肉。看來我誤會你了。龍肉對我而言難吃到難以下嚥呢……沒問題的，既然是為了提升冒險者的能力，父親大人一定也會諒解……！」

咦！

「吶，龍肉是一種又硬又腥的東西嗎？既然是高級食材，應該很好吃才是吧？」

「龍可是最強的怪物喔。布滿肌肉的身體幾乎沒有脂肪，而且肉食動物的肉本來就會腥。只是因為吃了可以提升各項能力所以很貴罷了。」

什麼……

「吶惠惠，妳應該對高級食材有興趣……」

「你覺得以身為紅魔族為傲的我，事到如今會想要區區龍族的力量嗎？和真大可獨占那股力量沒關係。」

惠惠一邊不停抓著趴在地毯上的黏仔的背，一邊搶先拒絕。

「……阿克婭，和我一起吃遍美食的妳一定……」

「我的各項能力已經超高了，再提升也沒有意義，所以龍肉我就敬謝不敏了。弱小的你自己一個人吃吧。」

趴在沙發上雙腳還很沒規矩地一直亂踢的阿克婭說出這種無情的話語。

「開什麼玩笑啊，妳也給我一起吃！給我用龍肉補一補妳那容量不足的腦袋！」

「你說誰的腦容量不足啊沒禮貌的傢伙！聰明的我不需要那種東西。睜開你的眼睛看清楚這個。你覺得腦容量不足的人有辦法做出這種東西嗎？」

從剛才開始就一邊哼歌一邊做手工藝的阿克婭，帶著一臉跩樣秀出手上的東西。

「黏土人物模型第二彈，爆裂特攻小惠惠。我對這次的作品相當有自信，這一定也可以賣個好價錢吧。」

「等一下阿克婭，我還想說妳從剛才就不知道在捏什麼，原來是在做那種東西啊！這未免也太講究細節了吧，裙子底下的狀態非常不得了耶！」

阿克婭給我們看的，是地球產的人物模型也望塵莫及，大約十二分之一比例的惠惠人偶。

這個傢伙從一大早就在庭院裡收集黏土揉來捏去的，也不知道她到底是怎樣才能夠用那種材料達成這種重現度，掀開身穿洋裝的惠惠人物模型的裙子部分，還可以看見連內褲都有穿。

「不然還有什麼辦法，我的零用錢不夠花啊。那個古怪惡魔說如果我帶賣得出去的東西過去他就願意收購，所以我決定開始販售阿克塞爾的冒險者人物模型。」

「那妳做妳自己的不就得了！啊，等一下，我看這個構造是連內褲都可以脫下來對吧，難不成……！」

…………

「吶，那個東西也賣一個給我好嗎？」

「我可以算你便宜一點。」

「你們兩個欠扁啊！阿克婭，把那個東西交給我！再說，和真不是有給妳零用錢嗎！妳平常到底都把錢花在哪裡啊！」

眼見人偶就要被惠惠沒收了，阿克婭開始激烈抵抗。

而達克妮絲以不安的語氣向這樣的阿克婭確認。

「吶阿克婭，有件事情讓我有點介意……剛才妳說這是黏土人物模型第二彈對吧？既然如此，第一彈是……」

「黏土人物模型第一彈是透明薄紗千金情色蒂娜。重現達克妮絲最近經常穿的那種色色的性感睡衣超辛苦的。不過相對的，收購價格也相當高就是了。」

在阿克婭說到最後之前，達克妮絲已經奪門而出了。

之後再叫她特地為我做一個透明薄紗千金好了。

——就在這個時候。

在達克妮絲奪門而出之後，有人輕輕敲了門，並且緩緩推開。

我還以為是達克妮絲忘記拿東西，便看了過去。

「請問，惠惠在嗎……？」

結果看見的是提著滿滿一籃的水果，不知所措的芸芸站在那裡，看起來比平常還要形跡可疑許多——

「——請用茶。」

「多、多謝招待！」

我們請芸芸坐到沙發上之後，阿克婭殷勤地為她泡了茶過來。

即使已經來玩過好幾次了，造訪朋友家這件事對她而言似乎依然相當新鮮，芸芸顯得坐

立難安，靜不下來。

「啊，這是我的一點心意……」

說著，芸芸遞出她帶來的水果當作回禮。

「……還知道帶伴手禮來算妳有心，不過妳今天到底是來做什麼的？」

接過水果籃的惠惠一面驗貨一面這麼問，芸芸便拿出一封信。

「這是紅魔之里寄來的信……」

惠惠攤開芸芸遞給她的信，我和阿克婭便從兩旁夾住她。

這時，芸芸雙手捧著阿克婭為她泡的那杯茶，帶著一臉心事重重的表情僵住不動。

我瞄了一下杯子裡面的東西，果然不出我所料變成熱水了。

或許，應該找時間教阿克婭正確的泡茶方式才行。

代替默默看著信的惠惠，我唸出信的內容：

「我看看……『吾等偉大之輩啊。終將來到之時已然來臨。此刻正是展現汝等各自琢磨鍛鍊而成的獠牙之時。承前，自認捨我其誰者，在啟信的一個月內趕赴紅魔之里——』」

統整一下這封咬文嚼字了一大堆的信的內容，上面寫的意思是決定紅魔族下一任族長的考驗要開始了，想當下一任族長的人請返鄉。

看完內容的惠惠握緊拳頭，從鼻子用力噴氣。

「原來如此，妳拿了這封信來，就表示我也獲選為繼任族長候選人了對吧？好吧，我們開始準備啟程吧芸芸！我們回去證明自己才是真正的紅魔族第一！」

「咦咦！想接受紅魔族族長的考驗，至少也得學會上級魔法和瞬間移動魔法兩樣才行喔。而且，我也不需要準備啟程，用瞬間移動魔法一眨眼就回去了。」

芸芸斬釘截鐵地這麼說，惠惠便鬆開緊握的拳頭。

「……那妳為什麼拿這封信過來？」

「姑且還是得讓妳看一下啊，否則以妳的個性，之後一定會找我的碴吧？因為妳是我的競爭對手……好痛！不、不要這樣好嗎，不要因為自己沒資格接受考驗就拿我出氣！」

開始用力捏住芸芸的肩膀拿她出氣的惠惠佯裝平靜，轉過頭來對我說：

「和真，看來她的目的已經達成了。我們開始準備晚餐吧。」

「喔，說的也是。喂芸芸，今天都已經這麼晚，乾脆順便吃個晚餐再走吧。畢竟我們都收了妳的伴手禮。」

聽我這麼說，芸芸的表情一亮。

「可、可以嗎！可是一起吃晚餐之類的好像已經跟家人沒兩樣了總覺得這樣有點不太好意思耶應該說挑到這種時間來訪的我打從一開始就犯錯了對吧和真先生對不起，可是明明是突然造訪朋友家卻連晚餐都有得吃這樣真的可以嗎，啊，不過我並不是不願意喔我當然非常

開心……」

「吵死人了，不過就是吃個飯而已需要那麼興奮嗎！」

聽著連珠炮似的說個沒完，一直靜不下來的芸芸挨惠惠罵，我走向廚房。

3

後來，被餵食了不太好吃的龍肉，再加上阿克婭泡的又是號稱茶湯的熱開水，害得芸芸誤以為是她突然來家裡玩被我們嫌煩而對著我們大哭，之後來到隔天。

我帶著阿克婭和惠惠來到維茲魔道具店。

「維茲、巴尼爾，你們在嗎——？我們有點事情來找你們玩……」

我一邊這麼說，一邊打開魔道具店的店門之後，裡面傳出陣陣叫囂的聲音。

「為什麼，為什麼不乖乖聽吾的話！吾乃千里眼惡魔！只要汝真摯地接受吾之建言，遵照指示行動就不會虧損了！汝偏偏要像夏日夜晚聚集到燈光處的飛蟲一樣，老是受到破銅爛

鐵吸引！」

「如果我只聽巴尼爾先生的話，那不就變得好像巴尼爾先生才是老闆嗎！我想和巴尼爾先生一起提振這間店的業績！你也知道，我們是不死之身，所以時間要多少有多少啊！而且我今天進的這種商品也不是什麼破銅爛鐵！」

巴尼爾和維茲在店裡不知道在爭執什麼。

「你們怎麼從一大早就在吵架啊？維茲又進了奇怪的東西嗎？」

「喔喔，暴發戶小鬼啊，今天有很棒的商品喔！夠、夠了，快放開那箱破銅爛鐵！」

一看見我，巴尼爾就開始發揮啟人疑竇業務話術。

聽他這麼說，維茲便整個人趴在腳邊的大箱子上，護住那箱東西。

「話說在前頭，我不會買喔。你先別推銷了，達克妮絲好像還沒過來是吧。她明明就說今天要帶西兒菲娜過來這裡，答謝你們為了救那個孩子所提供的協助。」

「對吾而言最好的答謝方式就是收購那些破銅爛鐵了。話說回來貴族千金果然不簡單，昨晚哭著過來說要出進貨時的兩倍價格買回自己的透明薄紗千金人物模型，十分上道。先別說這個了，最近和隊友的關係相當密切的小鬼啊。吾有個對汝而言真的非常實用的商品，要不要來一個啊？」

趁阿克婭和惠惠對維茲護著的那箱東西表示興趣時，巴尼爾偷偷對我耳語，同時遞了一個小瓶給我。

「如果是可疑的東西我可不買喔……順便問一下，這是什麼？」

「避孕藥。順便告訴汝，價格是一萬艾莉絲。」

…………………

「拿去。」

我從大家看不到的角度，偷偷把錢塞給巴尼爾。

「感謝汝的購買！男性喝一口可以維持大約一個星期的藥效。汝，偉大之常客啊，其他還有強效壯陽藥，或是只要聞到香味即可在不知不覺間營造出絕佳氣氛的芳香劑之類，吾這邊也都有進貨的門路……」

「我買，我全部都買。」

「多謝惠顧！」

在我毫不猶豫地如此秒答的時候，惠惠來到我身邊。

「瞧你一臉神清氣爽的樣子，你到底買了什麼啊？」

「我買了用來慰勞隊友的貼心小物。妳們可是重要的夥伴。等到出了什麼萬一再來驚慌失措可就不好了。」

聽我帶著一臉認真的表情這麼說，惠惠忽然靦腆一笑。

「我還想說你之前救了西兒菲娜，應該會開始耍懶了呢，你這個人真是的……和真總是像這樣關心夥伴呢。」

「呃，是啊。」

被她用純真的眼神看著的我隨口應了一聲，同時把小瓶小心翼翼地收了起來。

這純粹只是為了以防萬一，我並沒有動任何歪腦筋。

而且，我應該沒有說錯任何事情才對。

——就在這個時候。

店門被猛然打開，一個東西衝進店裡來。

我瞬間以為是達克妮絲來了，不過那個傢伙應該不會這麼登場才對。

我轉過頭去。

「巴尼爾大人，請救救我！」

看見衝進來的那個黑黑的東西如此大叫，而就在同一瞬間。

「『Sacred Highness Exorcism』——！」

「吱呀啊啊啊啊啊啊啊——！」

衝進店裡的那個看似企鵝的布偶裝中了阿克婭的魔法，遭到淨化。

「等一下，這不是布偶裝嗎！吶和真，是一隻沾滿惡魔臭味的企鵝耶！聞起來這麼臭卻長得那麼可愛更是可恨！」

那個好像在哪裡看過的布偶裝輕盈地垮在店裡的地板上。

從那輕飄飄的動態看來，裡面應該沒東西了。

「妳、妳這個傢伙還真是不講情面啊……這個傢伙是那個啊，在幫西兒菲娜收集藥材的時候提供了指甲的，那個外號什麼公的惡魔……不過看起來已經死了就是。」

「原來如此，是那個欺負達克妮絲的惡魔啊。我原本只是冒出不祥的預感所以沒有多想就施展魔法了，不過既然如此也算是剛好。聽和真你們提過當時的狀況之後，我就在想要找一天去揍飛他。」

「太奸詐了阿克婭，我也想幫達克妮絲報仇啊……！」

沒有理會我們的對話，巴尼爾一面嘆氣，一面大步走到布偶裝旁站定。

然後，他稍微拉開布偶裝背上的拉鍊，對著裡面呢喃了幾句。

於是，裡面的東西應該早已消失的布偶裝開始不斷脹大——

「赫！」

巴尼爾將拉鍊拉上之後，布偶裝便猛然跳了起來。

「『Sacred Highness……』」

「喂妳別再弄他了，等一下裡面的東西又不見了。妳看他怕妳怕成那個樣子。」

阿克婭見狀再次開始詠唱魔法，害得布偶裝嚇得躲到店裡的貨架後面去不斷發抖。

「巴巴巴、巴尼爾大人，這個凶暴藍髮女該不會……難不成……！」

「嗯，如同汝的預測，是吾等之宿敵。汝在進到店裡的同時，隻數全部都被消滅了。由於汝才剛在吾面前消失，吾才能夠分隻數給汝，今後若是在吾不在場的時候碰上這個傢伙，便是汝之末日了。」

聽他這麼說，布偶裝抖得更厲害了。

而阿克婭對著這樣的布偶裝輕快地揮著空拳，作勢嚇唬他。

「請、請問……我不知道你是哪位，不過是巴尼爾先生的朋友嗎？我馬上就去幫各位泡杯茶。」

「啊、啊啊，我不需要任何食物飲料，不用招呼我了……」

貼在箱子上的維茲我行我素地招待那個布偶裝。

我和惠惠享受著維茲貼心泡來的茶水，待得相當舒適，這時巴尼爾不解地歪著頭問：

「所以，汝今天到底是怎麼了，絕雷西爾特？應該說，汝再怎麼說也是高位惡魔，吾不認為汝會慘遭一擊消滅。汝之前累積的隻數怎麼了？」

「這、這個嘛……其實我現在面臨相當嚴重的狀況……」

一旦和阿克婭對上眼就會看見她擺出施展魔法的姿勢嚇唬自己，每次都會嚇到抖一下的布偶裝開了口：

「艾莉絲女神幾乎每天都會來襲擊我的城堡，削減我的隻數。」

我噴出了紅茶。

我是聽說過她對惡魔毫不留情沒錯，但那位女神大人到底在搞什麼啊？

女神該不會很閒吧？

不，還是因為她的摯友達克妮絲在她的眼前遭到凌虐才會如此報復嗎？

看來上次進城裡偷東西的時候之所以沒有給他最後一擊並不是因為決定饒過他，純粹只是將治療達克妮絲和送藥材回來放在第一優先而已。

「吶和真，我開始覺得被艾莉絲追殺的企鵝有點可憐了。不過，我也不會因此手下留情就是。」

「不，妳就放過他吧。這個傢伙好歹也是這個國家的貴族，而且執政表現似乎也還算不錯……」

而且雖然說達克妮絲遭到凌虐，但追根究柢是因為我們為了一己之私想要活剝這個傢伙的指甲而發動襲擊才遭到反擊，並不是他主動做了什麼壞事。

不如說，這個傢伙一開始還答應和我們交涉，是我們沒辦法達成他開出來的條件，最後才採取強硬手段，在半夜發動襲擊。

……等等？

即使對付的是惡魔，但總覺得這樣好像我們才是超級大壞蛋的樣子。

這時，布偶裝好像發現了在和阿克婭說悄悄話的我。

「你是那個時候和達斯堤尼斯爵士一起來的少年吧。真希望你能替我向你的同伴多說兩句好話。我只是個喜歡恥辱、屈辱、自卑感的，十分善良的惡魔。而且雖然不知道是怎麼回事，不過你好像和艾莉絲女神也很熟識。能不能請你幫我當個和事佬呢……」

「話是這麼說沒錯，但我也不知道那個人平常都待在哪裡啊。」

原則上是有個方法可以確實見到她，但是那個方法會減損我的隻數。

不對，我並沒有隻數這種東西。

「這樣啊……雖然我很喜歡那座城堡，不過也只有放棄了……」

看著一屁股坐在地板上，雙肩垮了下來的布偶裝那散發出哀愁的背影，總覺得有點令人同情。

「所以，汝今後打算怎麼辦？吾不建議汝住進這個城鎮喔。因為有這隻視惡魔族為眼中釘的瘋狗，主張這裡是自己的地盤。」

「我聽說這個城鎮有夢魔的店，原本打算請她們僱用我當服務生兼保鑣才會來到這裡。若是出現需要特殊玩法的客人，我還可以跟夢魔一起上工，得到我最喜歡的恥辱、屈辱等負面情感。我原本覺得那是個很好的藏身之處呢，真的不行嗎……」

「要是讓我在鎮上看見你就會立刻淨化喔。」

阿克婭如此叮囑，讓布偶裝顯得相當害怕。

而阿克婭和惠惠不知道在想什麼，分別從左右夾住這樣的布偶裝，興致勃勃地觀察著。

「阿克婭，他背上有拉鍊耶。我想偷看一下裡面。」

「是啊，不可以被他可愛的外表給騙了。啊，你伸手幹嘛！乖乖給我們看裡面的東西喔，否則我就淨化你！」

「別這樣！別這樣！」

正當為了不讓拉鍊被拉下來而拚命抵抗的布偶裝和阿克婭她們扭打成一團的時候，有人敲了店門。

接著隔了一拍之後，店門隨著清亮的鈴鐺聲被打開。

「打擾了，維茲、巴尼爾。我想你們應該聽和真提過，今天我是來答謝你們救了這個孩

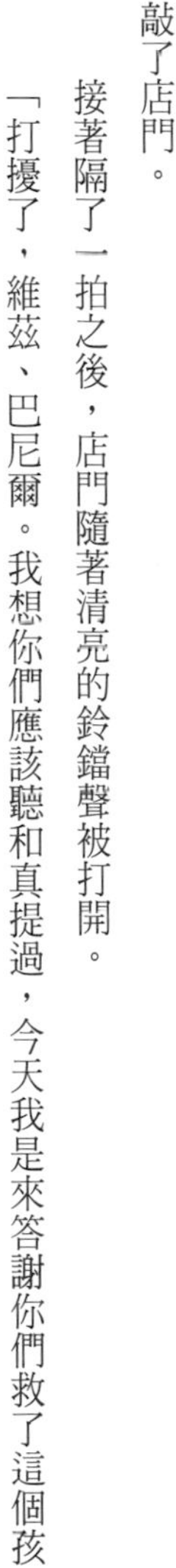

子……咦？」

現身的是達克妮絲。

西兒菲娜也跟在達克妮絲身旁，像個撒嬌的小孩抱著她的腰。

「哎呀哎呀，我還以為是誰呢，這不是之前潛入我的城堡還大鬧了一場的達斯堤尼斯爵士嗎？嘿嘿嘿，沒想到我們會在這種地方再次碰面……」

見達克妮絲因為看見自己而吃驚，布偶裝笑得猖狂，啪噠啪噠地走向她，而就在時候。

「……呼——」

「哎呀啊啊啊啊啊啊啊！」

阿克婭抓準了他背對自己的破綻稍微拉開拉鍊，往裡面用力吹了一口氣。

女神似乎光是吹一口氣也能夠令惡魔受傷，布偶裝放聲尖叫，在地上打滾。

「為、為什麼絕雷西爾特伯爵會出現在這種地方……」

搞不清楚狀況的達克妮絲露出困惑的表情，而西兒菲娜看著在這樣的達克妮絲面前打滾的布偶裝輕輕發出「哇……」的驚嘆聲，眼睛閃閃發亮。

「吶，我不會害你的，你還是回去吧。」

「話是這麼說沒錯，但少年啊，我離開城堡時簡直和逃難沒兩樣，現在身無分文又沒地方去……」

我看布偶裝可憐扶他起來，他便帶著哭腔對我這麼說。

這個傢伙真的和上一集形同最終頭目的惡魔是同一個角色嗎？

就在這個時候，他用力拉了拉我的衣袖。

「少年，和達斯堤尼斯爵士在一起的就是之前得了那個病的女孩嗎？」

說著，布偶裝歪著頭，模樣煞是可愛。

「是啊，她叫西兒菲娜，是達克妮絲的女兒。」

「喂和真！你又提什麼女兒不女兒的……沒、沒事，妳是我的女兒。所以拜託妳不要露出那種表情好嗎，西兒菲娜……」

正當達克妮絲因為西兒菲娜帶著傷心的表情仰望自己而說不出話的時候，聽見我這麼說的布偶裝不住拍打著翅膀。

「喔喔，看來她已經好起來了呢，這真是太好了！達斯堤尼斯爵士，妳不需要那麼提防我。身為惡魔的我遭受身為十字騎士的妳攻擊，也是無可奈何的事情，這個我看得很開。對於遭受妳們襲擊一事我並不介意。」

「現在是什麼狀況我不是很清楚，不過聽到你這麼說真是太好了……話說回來，你為什麼丟下領地不管，跑來這種地方啊？」

——我對一臉不解的達克妮絲說明了狀況。

「……吶和真，你在死掉之後會見到艾莉絲女神對吧？艾莉絲女神該不會很閒吧？」

「怎麼連妳都說這種話啊，小心遭天譴喔。沒有啦，與其說她很閒，還不如說是在為妳報仇吧。」

有一半大概是把狩獵惡魔當成興趣就是了。

「是、是這樣嗎？艾莉絲女神為什麼那麼關心我啊？……話雖如此，事情演變成這樣實在很對不起絕雷西爾特伯爵。雖然是惡魔，但你也沒有做出什麼太壞的事情……」

達克妮絲向布偶裝如此道歉，至於布偶裝則是被西兒菲娜抱著。

「沒什麼，經營領地固然很開心，不過我也差不多想做點新鮮事了。但是，如果達斯堤尼斯爵士有心道歉，能夠成為我的後盾讓我在這個城鎮住下來的話，我會相當感激。」

「你不要以為稍微幫了一下達克妮絲的小孩就可以囂張喔。那個孩子看起來好像很黏你所以我就不在她的眼前淨化你了，但要是在沒有人看見的地方被我撞見了，我可無法保障你的安全喔。」

阿克婭說出這種讓人搞不清楚誰才是惡魔的警告台詞，害得被西兒菲娜抓著不放的布偶裝嚇得躲到我背後。

從剛才開始他的每個動作都很可愛，但是知道這個傢伙裡面是什麼狀況的我被他靠得這麼近其實很害怕。

就在這個時候。

『緊急任務！緊急任務！在鎮上的各位冒險者，請趕緊到冒險者公會集合！』

許久沒有聽見的緊急任務廣播。

我們不禁面面相覷。

「話說在前頭，我什麼都沒做喔。」

「吶和真，你為什麼每次都要看我啊？我也沒有任何頭緒喔。」

「妳要這樣說的話我也是毫無頭緒啊，爆裂魔法的使用地點和用法、用量，我都有乖乖遵守喔。」

既然如此……

「喂，不准看我！我才是和糾紛最無緣的一個人吧！之前的稅金騷動也只是因為公會職員找我商量而已……！」

正當我們的視線集中在慌張的達克妮絲身上時，公會小姐繼續廣播，聲音聽起來略帶喜悅之色。

『重複一次。在鎮上的各位冒險者，請趕緊到冒險者公會集合！……………各位冒險者！』

廣播小姐說到這裡用力吸了一口氣。

『是寶島！』

聽見廣播小姐這麼說，巴尼爾和維茲就從店裡奪門而出，頭也不回地拔腿就跑。

不對，不知不覺間就連阿克婭也跑在他們兩個身旁了。

「喂，這是怎麼回事啊，求說明……呃，也太快了吧！」

我追著衝出去的三人來到店外時，他們的背影已經小到不行了。

「吶，他們幾個到底是怎麼了！巴尼爾和阿克婭也就算了，就連維茲也眼神大變跟著衝了出去是怎樣！」

「你在說什麼啊和真，是寶島耶！如同字面所示的寶藏耶！我們也不可以這麼悠哉了，快走吧！」

自己的眼睛才是如同種族名所示變得紅通通的惠惠連忙從店裡衝了出去。

「我、我有西兒菲娜要顧，所以得留在這裡……」

於是我留下這麼說的達克妮絲，和表示要顧店的布偶裝，自己也追隨大家的腳步離開店裡了。

在前往冒險者公會的路上，我和跑得像是在趕火車一樣的冒險者們擦身而過。

他們幾乎各個都是頭戴安全帽或是頭盔，背上揹著大背包，手上拿著十字鎬。

在前往公會的途中，我撞見了早我一步衝出去的阿克婭他們。

他們的手上也拿著十字鎬，看來是冒險者公會借給大家使用的吧。

「和真！我連你的也借好了！走吧，我們也要去鎮郊，動作快動作快！」

說著，阿克婭把背包、十字鎬、安全帽遞給了我。

看來鎮郊好像有什麼東西。

「喂，妳也差不多該對我說明一下是怎麼回事了吧！寶島是什麼？從這個名稱和你們的反應看來，應該是相當好賺的任務就是了。」

我接過阿克婭交給我的背包和十字鎬之後，一邊這麼問阿克婭，一邊跟在她後面。

「寶島是玄武的俗稱！一隻名叫玄武的巨大烏龜在鎮郊出現了！相傳，玄武每十年就會為了曬甲殼來到地面上。據說，平常棲息在地底下的玄武為了以曬太陽的方式清理在甲殼上繁殖的黴菌、蕈類，以及各式各樣的害蟲才會做出這種行動，不過尚未證實。唯一可以肯定的，是玄武會一直曬甲殼到天色變暗為止。還有玄武住在地底下的礦脈附近，吃的是稀有的礦石類，所以稀有礦石會像地層一樣黏在牠的甲殼上！」

跑在我身旁的惠惠這麼告訴我。

原來如此，所以大家才會拿著十字鎬飛奔是吧。

我們要趁那隻什麼玄武在曬甲殼的時候挖掘黏在牠背上的礦石就對了。

「不過，我們在那隻巨大的烏龜背上挖來挖去，牠不會攻擊我們嗎？應該說，我剛才已經和一大堆冒險者擦身而過了耶，等我們趕到的時候會不會已經被挖完了啊？」

聽我這麼說，阿克婭表示：

「寶島個性溫和，只要別做出太誇張的事情牠並不會主動攻擊！而且不需要擔心礦石被挖光喔。反正，牠為什麼會被稱作寶『島』，等你看到就知道了！……先不說這些了，古怪惡魔，為什麼連你也來了！玄武是神獸，神獸是惡魔的敵人吧！」

「吾也不想做出這種愚蠢之舉啊！但是這個廢物老闆又自作主張進了沒有用處的商品，製造出新的虧損來了！再這樣下去，這個月的店租……！」

「放心吧巴尼爾先生！現在看起來是虧損，但只要我進的商品順利成長，一定可以創造出豐碩的利潤！……所、所以請不要用那種冰冷的眼神看著我，很可怕耶！」

看來他們的店還是經營不善。

惡魔和巫妖為了清償債務而拿起十字鎬從事肉體勞動，這個世界真的很不好混呢……

「……………太扯了。」

4

有座小山。

嗯，這根本是一座山。

離開城鎮入口沒多久的地方，有隻會讓人誤以為是一座小山還是什麼的巨大生物。

大小比起我小時候看到的東京巨蛋也毫不遜色。

附近的地面開了一個大洞，那隻生物大概就是從那裡爬出來的吧。人稱寶島的巨大烏龜，怡然自得地趴在大地上。

原來如此，這確實是足以稱作神獸的生物。

比起這個平常吃飽睡，睡飽吃的自稱什麼東西，牠想必更受眾人敬畏吧。

寶島將巨大的腳部攤在地面上，伸長了脖子趴著休息。

只見已經有許多冒險者們爬到牠的背上，手拿十字鎬對著背上看起來像岩塊的地方不斷敲打。

明明有人在牠的背上挖來挖去的，寶島也沒有生氣，反而是閉著眼睛，一臉相當舒服的樣子。

有如巨大岩山的背部掛了繩索，冒險者們以攀岩的要領接連攀爬上去。

……原來如此，我知道阿克婭想表達什麼了。

想在半天內挖光這座岩山根本就不可能。

「走吧和真！限制時間到日落為止！我們要一直挖到塞滿整個背包！」

阿克婭拉著已經掛在上面的繩索，往寶島的背上爬。

大概是因為之前的稅金騷動讓大家手頭都很緊吧，周遭的冒險者們臉上都充滿了喜悅之色，一副要趁現在大挖特挖的樣子。

我已經是資產階級了，但有錢掉在眼前當然也沒有不撿的道理。

雖然不知道可以賺到多少，不過這種時候就應該動手才對。

「好，難得有這個機會就動手吧……喔，達斯特他們也在啊。他們已經先到了是吧。」

拉著繩索攀上寶島的同時，我看見熟悉的臉孔，感到放心。

我們戴上安全帽，準備就緒之後，便攀爬到寶島的背上，從伸手可及的地方開始揮動十字鎬。

阿克婭和維茲大概是不希望髮型被壓扁吧，她們並沒有戴上安全帽。

十字鎬敲碎了大塊的礦石，閃閃發亮的寶石散亂一地。

這些寶石不知道一顆值多少錢。

「……吶，我不知道這些到底一顆值多少錢，不過這麼輕鬆的賺錢方式真的沒問題嗎？應該說，仔細一看，附近都只有冒險者呢。既然是這麼熱鬧的活動，鎮民們應該也來挖才對吧。」

我放眼望去，揮著十字鎬的只有我們的同行。

挖礦石這種事情，應該是我剛來到這個世界的時候投靠的土木工程師傅們比較拿手吧。

阿克婭回答了我的疑問：

「當然是因為危險啊。」

…………啊？

這時，突然有人狂吼：

「喔啊啊啊啊啊——————！失手啦！我挖到擬態礦石了！」

我看向突然傳出慘叫聲的地方，只見一名冒險者拿著十字鎬，和好幾隻長得像章魚一樣的軟體動物對峙。

「唔喔！那、那是什麼！喂不太妙耶，快去救他……！」

那種生物將身體表面變得像附近的礦石一樣，融入其中。

原來如此，所以才叫擬態礦石。

但是，阿克婭和維茲專心一意地揮著十字鎬，連轉頭看一眼都沒有。

「別理他！在這裡的所有人再怎麼說都是冒險者！他們早已做好隨時都會死的心理準備了！要是擅自搭救這樣的人，就等於是在踐踏他們必死的決心，懂了嗎！」

「我完全同意！即使力有未逮而喪命，能夠死在任務之中也是身為冒險者的榮譽！而且……而且我還有債款……！」

「妳、妳們兩個這樣還算是人嗎！」

不對，這麼說來她們兩個都不是人！

正在遭受那個什麼擬態礦石攻擊的男人大喊：

「救、救命啊————！」

「……他都已經在求救了耶。妳真的要置之不理嗎自稱什麼的。」

「啊哈哈哈哈哈！是高純度的瑪納礦石！這顆是閃焰礦石！我原本還在因為零用錢用光了而傷腦筋呢，這樣就可以全部一筆勾銷了！」

那個自稱什麼神的傢伙已經沒在聽了。

然而，不同於那個什麼神，照理來說應該是人類公敵的巫妖似乎還沒有泯滅人心到會在

這種狀況下見死不救。

「嗚嗚……我只要賣身就可以設法籌到店租了……！沒關係，不過就是賣個身並不會死，並不會死……！」

維茲突然說出這番非同小可的事情，放下十字鎬，面向襲擊男子的擬態礦石。

「等等，維茲繼續挖吧！我去救那個傢伙就是了！」

還賣身……

妳都說要賣身了我還能怎麼辦啊……！

聽了我的勸阻，維茲露出淒涼的笑容。

「沒關係的，和真先生。巫妖的指甲和頭髮是魔力的結晶。拿去冒險者工會當成素材賣掉的話，可以換到不少錢……」

「別、別這樣啦，真的別這樣好嗎！妳說的賣身原來是這個意思喔！說穿了，只要趕快救了他再回來挖礦就可以了對吧？喂，我們上吧阿克婭、惠惠！四個人一起上的話馬上就可以結束了吧！」

很不湊巧的，我們今天身上沒有武器和防具。

在手握十字鎬的我身旁，惠惠也舉著同樣的兵刃逐漸縮短距離。

聽我如此呼喊，即使是那個什麼神的似乎也無法置之不理了。

「唔，在這種分秒必爭的時候還來這套，真拿你們沒辦法！區區的擬態礦石竟然敢妨礙我，簡直不知分寸！該死的傢伙——！」

阿克婭如此吶喊，握著手中的十字鎬順勢就往擬態礦石上敲。

只見利慾薰心的女神拿著十字鎬痛扁生物。

看著她的笑容，現在有錢有閒的我知道這樣的女神有多過分了。

「照理來說協助汝會讓吾想吐，但唯有這次吾也顧不得這種事了！趕緊解決那些傢伙到下一個地方去！『巴尼爾式破壞光線』！」

禁止人類殺生的女神毫不猶豫地輕鬆解決了一隻擬態礦石，而在不遠之處，原本還在挖礦石的巴尼爾也從手腕發射出了黑色的光線。

籠罩在邪惡的光芒當中的擬態礦石群和周圍的岩層一起被炸成碎片。

「喂，你有這招不會一開始就用嗎！」

「少囉嗦，這個月可沒辦法說笑，而是真的有可能付不出店租！這樣汝總該滿意了吧賣身老闆啊！快點回去挖礦填補虧損吧！」

巴尼爾的聲音聽起來格外急躁，讓我不經意地歪了一下頭。

平常總是難以捉摸的這個傢伙會有這種反應，還真是罕見啊。

在獲救的冒險者對著我們不斷鞠躬的同時，儘管覺得他這樣的表現不太對勁，我還是立

刻繼續回去挖礦。

——後來過了將近半天。

將背包塞得滿到不能再滿的阿克亞和惠惠，來到早已挖到厭煩而回到城鎮入口的我身邊。

話雖如此，我的背包也塞了不少品質優良的礦石。

黃昏時分。

寶島的背上早已不見成塊的巨大岩層，到處呈現出原本的甲殼裸露在外的狀態。

寶島原本的甲殼散發出黑色的美麗光澤，試著用十字鎬敲一下也傷不了甲殼分毫。

挖成這樣，其他冒險者們應該也都很滿意了吧。

現在，所有人都遠遠圍著還在曬甲殼的寶島，觀望著牠。

在眾人環伺之下，寶島瞄了城鎮的入口一眼，看向我們冒險者這邊。

像是想問我們是不是已經滿意了似的。

牠這樣的視線，讓我感覺到心裡有個小小的遺憾。

還有一塊特別大的礦石黏在寶島的背上。

只要有辦法剝掉那塊礦石，寶島的甲殼一定會變得更加光彩奪目吧。

「……吶惠惠，跟妳商量一件事好不好？」

這種感覺就像是掃地掃到一半被迫中斷，好像魚刺鯁在喉嚨不上不下似的，害我靜不下來，於是我和身旁的惠惠交頭接耳了一番。

「……咦咦！你、你是認真的嗎！是啦，我今天是還沒用過爆裂魔法，以一日一爆裂的例行公事而言，這個對手也很夠格……」

我想請惠惠做的事情，當然就是……

「可是這樣真的好嗎？寶島的個性再怎麼溫和，對牠發出爆裂魔法也很有可能導致牠攻擊我們喔。而且，原則上冒險者之間有個共同的默契，就是不可以攻擊寶島……」

見惠惠遲遲不肯動手，我便對她打包票。

「不，雖然只是我的直覺，不過寶島應該不會生氣。不但不會生氣，可能還會很開心呢。只要照我所說不要直接命中，我想一定沒問題的。惠惠，拜託妳。」

在我的催促之下，惠惠心不甘情不願地開始準備魔法。

「事情變成怎樣我都不管喔。而且儘管是爆裂專家如我，偶爾也是會失手的喔。」

妳的本業明明就是大法師，什麼時候變成那種專家了。

冒險者們懷著感恩的心，靜靜守候著突然帶給他們恩惠的寶島回到地底下的那一刻到來，此時卻傳出了惠惠響亮的魔法詠唱聲。

「咦，等等，你們兩個在幹嘛！」

正當以阿克婭為首的冒險者們開始鼓譟的時候，惠惠的爆裂魔法已然完成。

「『Explosion』——！」

惠惠發出的光芒在距離寶島的甲殼不遠處的低空引發爆炸。

同時，直到最後都黏在甲殼上的巨大岩層也遭到粉碎。

除此之外，殘留在各處的小塊礦石也都因為衝擊而裂開，化為碎片落下。

不知道是因為惠惠瞄得夠準還是寶島夠硬，寶島的甲殼絲毫沒有受損。

沒有理會議論紛紛的冒險者們，寶島瞄了施展魔法的惠惠以及她身旁的我一眼。

牠的視線讓惠惠嚇得抖了一下，但我說服自己一定沒問題，留在原地繼續觀望著寶島。

儘管心想沒有問題，我還是保持警戒準備隨時逃走。

這時，今天一整天完全都沒有動過的寶島忽然挺起身子，像是睡了一個舒服的午覺似的伸展了一下肢體。

然後，牠就這麼回到敞開的大洞裡面去了。

——寶島每十年就會來到地上曬甲殼。

這個學說八成沒有錯吧。

但是，如果只是這樣的話，應該不需要出現在城鎮附近才對。

根據我聽到的說法，寶島一定會在城鎮附近曬甲殼。

沒錯，簡直就像是要讓人類挖牠背上的各種礦石似的。

寶島最大的目的，很有可能是要我們清理黏在牠背上的代謝廢物，也就是那些礦石。

在牠背上的各種礦石大致上都已經清除乾淨之後，明明還沒有日落，寶島卻已經往洞裡走去了。

這時，寶島再次看了我和惠惠一眼，然後用力抖了一下牠巨大的身體。

因此而起的震動，使得還留在牠背上的少數礦石都飛上了天。

此舉似乎讓寶島感覺到神清氣爽，表情隱約顯露出滿意之色，再次鑽回洞裡。

看來，這隻等同於神祇的巨大怪物，最後留了一些禮物給我們。

我和惠惠相視而笑。

悠然離去的寶島，姿態是那麼神聖而美麗。

我覺得，來到這個世界之後，這次總算碰上帶有奇幻風格的光景了。

「吶和真，那些是用來答謝惠惠的爆裂魔法的東西吧？既然如此，牠最後留下來的那些

礦石，我們應該可以全部獨占才對吧？」

「這、這樣店裡的債務和店租都……！」

——我的名字是佐藤和真。

我在這個世界之所以沒辦法從事奇幻風格的正常任務，或許是身邊的這些同伴的錯吧。

第二章 願後宮主角遭逢天譴！

1

「和真先生和真先生。我有一點事情想拜託你。」

隔天早上。

吃完有點晚的早餐之後，我悠閒地喝著咖啡時，不知為何扛著一把像鏟子的東西的阿克婭對我這麼說。

「什麼事啊，要零用錢的話我可不會給妳喔。這個月的我已經給妳了，昨天從寶島身上得到的那些礦石也讓妳賺了不少吧。」

「不是啦。我要拜託的事情是想借助和真先生身為冒險者的力量。」

身為冒險者的力量？

「怎麼一大早就提這種駭人聽聞的事情啊，妳要對付的到底是什麼？我已經決定要過富裕、優雅，又安穩的生活了，對手太危險我可要拒絕喔。如果妳是想教訓哪裡的不死怪物或

是要找惡魔的碴的話，就去委託冒險者公會吧。」

「我不是要拜託你打怪啦，我不想接近危險的地方，也想過富裕又優雅的生活啊。」

這個傢伙的想法還是跟我很接近呢。

如果平常不會一天到晚耍笨的話，以一般的玩伴關係而言，這個傢伙其實是個很棒的夥伴的說。

「總之你先來庭院再說吧。我希望和真先生可以在那裡施展超強的力量。」

「我不太清楚妳想怎樣，不過沒有危險的話倒是無所謂。就讓妳見識一下我平常都在沉睡的真正力量吧。」

說著，我一邊挽起袖子，一邊和阿克婭一起前往庭院。

「啾。」

「……你還真是一點都不會長大呢。」

庭院裡，點仔正在曬太陽，而或許是因為牠的毛皮被曬得暖烘烘的關係，爵爾帝一直黏在牠身邊不打算離開。

和慢慢長得越來越大的點仔正好相反，這隻小雞不知為何一點都沒有成長。

聽說保有的魔力越多成長就會越緩慢，或許真是因為這樣吧。

之前還很害怕爵爾帝的黑毛球最近也卸下心防，和牠感情很好的樣子。

我原本想說等爵爾帝長大之後要炸來吃的，不過既然牠們都建立起這樣的關係了，拆散牠們也有點可憐。

正當我望著牠們令人莞爾又療癒的模樣時，阿克婭用力拉了拉我的袖子。

「那裡有一塊田地對吧？我想拜託和真先生施展力量，在那裡灑滿富含營養的土。」

「…………妳這個傢伙的意思是要堪稱英雄也不為過的我發揮力量開墾田地嗎？」

我順著阿克婭指的方向看了過去，只見惠惠穿著她唯一的一套洋裝，戴著草帽，一隻手握著插在地上的鋤頭，一隻手擦著汗。

「不是吧，連惠惠也這樣是在幹嘛？妳們兩個是想開始搞家庭菜園嗎？」

「哎呀和真，你終於起床啦。快看看我們開墾出來的這塊良田。接下來只要在這裡灑上以魔法製造出來的土，一定可以種出很棒的蔬菜來。」

說出這種鄉下大媽才會講的話的惠惠抓起腳邊的土，露出笑容。

「我之前就一直在想，難得這個家有這麼大的庭院，不如來開墾成田地算了。因為蔬菜很貴嘛。這樣不但可以幫助家計，還可以隨時吃到新鮮蔬菜，再好不過了。到時候就可以煮好吃的蔬菜咖哩給和真吃了喔。」

「呃，這樣是讓我很高興啦……但是外行人種蔬菜沒問題嗎？其他蔬菜應該不會像高麗

菜那樣攻擊我們吧？」

我此話一出，阿克婭和惠惠便移開視線。

「喂，蔬菜其實不能自己亂種對吧，應該需要許可還是怎樣的對吧！喂，這麼說來達克妮絲上哪去了！那個傢伙是行政機關那邊的人，所以妳們才會想趁她不在家的時候墾田種菜對吧！」

「先別這麼凶嘛和真。種蔬菜確實是需要證照，不過也有特例，就是高等級的冒險者可以開墾家庭菜園。而我們的等級確實很高。是的，這麼做一點問題也沒有。」

「就是這樣。我的等級現在已經超過四十了。不過是開墾個一兩塊家庭菜園，應該可以得到許可才對。」

這個傢伙的等級什麼時候變得那麼高了？

冒險者應該是等級很容易上升的職業才對，但現在只有我一個人還在十幾級耶。

「惠惠的等級已經那麼高了讓我有點嚇到，不過事情就是這樣，我們希望和真可以製造出優質的土壤。雖然你把製造『Create Earth』用來攻擊敵人的眼睛，或是用來調成泥水拿去潑人惡作劇，不過那個魔法原本的用途是製造土壤喔。」

「這麼說來妳之前好像提過這件事呢。真拿妳們沒辦法，『Create Earth』！」

我以魔法在庭院當中開墾出的田地裡分次灑土。

阿克婭和惠惠跟在我後面陸續播種。

「姑且問一下，妳們在種的是什麼的種子？」

忽然有點不安的我這麼問，阿克婭則是露出一臉想說有什麼好擔心的表情說：

「小松菜、馬鈴薯、白蘿蔔、青椒、秋刀魚、菠菜。是農家的大叔告訴我，現在的季節推薦種這些。」

…………

「……吶，妳剛才說的那一大串好像混了奇怪的東西吧？」

「我知道，你想說都已經快冬天了怎麼還有夏季蔬菜對吧。不過和真，這裡可不是日本喔。這裡就連蔬菜也充滿了生命力，就算是冬天也可以長得很好。」

不對，我要說的不是那個，裡面有一個不是蔬菜吧。

「呼……播種的工作都結束了，感覺應該很不錯。接下來只要定期澆水，偶爾按摩一下，到了冬天就可以收成了。」

「喂，妳剛才說要按摩對吧？這是在種蔬菜對吧？不是在養牲畜對吧？」

沒有理會動不動就吐嘈的我，阿克婭露出一臉滿意的表情說：

「今年種的都是適合初學者的蔬菜，不過明年開始我要挑戰難度比較高的種類！」

「是啊，明年種種看春季高麗菜和番茄好了，曼陀羅好像也不錯。」

「剛才那個我可不會聽過就算了喔！妳是說曼陀羅吧！妳們剛才說要種曼陀羅對吧！」

曼陀羅是一種在拔出來的時候會放聲尖叫，而且會讓聽見尖叫聲的人死掉的危險植物。

正當我們在做這些事情的時候，家門前出現了一道人影。

那個人在門前來回踱步，為了要不要敲門而煩惱了好一陣子，結果最後……

「來到人家的家門前，最後決定走人是怎樣啊！」

「惠、惠惠！妳怎麼會在那裡！」

來者是芸芸。

她打消了敲門的念頭，準備轉身離開，結果被嚇到。

「上次我才突然不請自來，現在才過沒幾天又來找你們也不太好意思，想說還是多隔幾天比較好……」

「妳那麼閒的話就算每天都來玩也不會怎樣，為什麼每次都要顧慮那麼多啊！先別說這些了，妳今天來是有什麼事情嗎？」

聽惠惠這麼問，大概又帶了伴手禮來吧，拿著看似甜點禮盒的東西的芸芸表示：

「每、每天都來也可以嗎？吶，要是我真的來了妳也不會覺得煩吧？會不會在我來玩的時候對話就突然中斷……」

「重點不是那個好嗎，妳現在的態度才叫煩啦！快點說妳到底是來幹嘛的！」

沒耐性的惠惠已經抓狂了，害得芸芸膽戰心驚地說：

「其實，是有關我上次提到的族長考驗……」

說完，芸芸開始娓娓道來。

「——換句話說就是這樣嗎？紅魔族的族長考驗，必須帶一個搭檔去，兩個人一起接受考驗是吧。」

「就是這樣沒錯。聽說，以前多半都是由擔任後衛的紅魔族魔法師，配上擔任前鋒的外來冒險者劍士……不過，該怎麼說呢，畢竟紅魔族很強。只要有兩名紅魔族，即使沒有前鋒或是什麼的，靠火力輾壓也能夠突破考驗，後來大家都察覺到這件事了。」

紅魔族還真是毫無情趣可言耶。

這種時候就應該為了接受考驗而踏上尋找適任夥伴的旅程，最後兩人間的戀情便開始萌芽，這樣的發展才是王道啊。

這時，原本默默聽著她說話的惠惠重重嘆了口氣。

「所以，沒有人可以找的妳就來拜託本小姐了是吧……真是的，真拿妳沒辦法。好吧，既然是這麼回事，就盡情為妳發揮吾之力量吧！」

說著，惠惠意外露出並不排斥的表情，露出苦笑——

「咦？不是喔，惠惠跟我去也派不上用場啊。妳出了一招之後就只是累贅了吧。考驗有三項耶。」

芸芸的意見相當毒辣，讓惠惠整個人僵住。

「妳的意見我非常能夠贊同，不過這樣的話妳到底是來做什麼？」

「這、這個嘛……」

我如此追問，芸芸便帶著緊張的神情，放在大腿上的手緊緊握起拳頭。

「我有個能夠擔任前鋒的朋友……損友……不對，總之有個算是認識的冒險者，我迫於無奈姑且問過他了，結果他說『啊啊？我現在剛靠寶島賺了錢，並不需要工作。不過如果妳願意介紹波濤洶湧的紅魔族小姐給我認識，我倒是可以勉強答應妳。』真的很差勁……」

「雖然不知道是誰，不過那個傢伙還真不是好東西啊。我覺得妳還是少和那種人來往比較好喔，小心被當成同類。」

「不，是那個人自己纏著我不放，應該說我每次去我常去的店多半都會遇見他……」

露出一臉困惑的表情的芸芸下定決心，抬起頭來。

「不好意思，和真先生！你願意和我一起接受紅魔之里的考驗……好痛好痛！惠惠，妳這是在幹嘛啊！」

突然暴怒的惠惠扯著芸芸的小馬尾說：

「還有什麼好幹嘛不幹嘛的！每次都這樣，我可不會容忍妳為了自己方便就利用我們家和真！不需要和真出馬，紅魔之里的考驗這點小事，本小姐來設法幫妳解決！」

說著，她抱起放在一旁的法杖，如此宣言。

「惠惠，老實說妳跟來只會造成我的麻煩……」

「妳平常明明就那麼畏畏縮縮，偶爾倒是很敢說嘛！」

眼睛因為亢奮而變紅的惠惠面向我們這邊。

「身為高等級的紅魔族，我的戰力比隨隨便便的低等級前鋒還要高強。區區的魔物，用吾之瑪納礦石製的法杖敲死就對了！所以了和真，我暫時離開家裡一陣子喔！」

終於連身為魔法師的固有特質都開始拋棄的惠惠興奮地揮舞著法杖，如此宣告。

2

「那麼我會暫時出門一陣子，我不在的這段時間你們可別做太多傻事喔。」

「妳最近是不是誤以為自己算是具備常識的人種了啊？醜話說在前頭，這個城鎮最會闖禍的問題兒童，其實說不定不是阿克婭而是妳喔。」

隔天早上。

自己才欠人擔心的惠惠先是帶著一臉擔心的表情看著我們，然後面對達克妮絲說：

「達克妮絲，我不在的時候就請妳阻止他們兩個人了喔。妳除了性慾比較強以外還算是挺正經的。妳要看好他們兩個，別讓阿克婭做傻事，或是讓和真面臨死亡危機喔。」

「說、說好不提性慾強不強！惠惠才是，這個鎮上最沒耐性的妳可別看到任何人都胡亂找架吵喔。和真我會好好看著。包括不讓他隨隨便便被突然出現的女人拐走的層面也是。」

哎呀，不知為何我的信用已經跌到谷底了呢。

「女性關係方面最讓我不安的其實是達克妮絲就是了……不過沒關係，說來說去你們兩個都是事到臨頭的時候會臨陣脫逃的膽小鬼嘛。阿克婭，姑且還是請妳監視一下這兩個人，以免搞出什麼靡爛的關係好了。」

「我懂。這個年紀就搞出人命來還太早了。我只要在聽見奇怪的叫聲時提醒他們確實避孕就可以了對吧。」

「妳根本什麼都不懂！不要讓和真他們兩個獨處就可以了！」

這個傢伙心目中對我的評價到底是怎樣啊？

「喂，我也還算是有點節操的喔。再怎麼說，我可是把達克妮絲甩得徹徹底底，完全沒有要腳踏兩條船的意思。」

「這麼說來確實是這樣。你確實是把達克妮絲甩得徹徹底底的。不好意思，我會多相信和真一點。」

「……………你們給我到庭院來一下，我要給你們一點顏色瞧瞧。」

沒有理會眼神凶狠的達克妮絲，惠惠對我們揮了揮手。

「那麼，我稍微離開一下去炸飛紅魔之里的考驗就回來。你們要乖喔。」

說完，她輕輕笑了一下便離開了──

「好了。既然惠惠不在了，我們來分配一下家事吧。雖然她說快一點的話幾天就可以回來，不過姑且還是分配一下。」

惠惠出門之後。

剩下的我們開始討論接下來的事情。

「你們老是叫我掃廁所，我已經掃到膩了耶。讓我負責一下煮飯之類的工作吧。」

「不，讓阿克婭煮飯的話會浪費掉大部分的食材。每次煮飯的時候都會有好幾瓶液體調味料變成水也很沒效率。」

也是。

「既然如此煮飯就由我負責。達克妮絲煮的東西普普通通，阿克婭更不用提。相對的，達克妮絲負責打掃環境，廁所和浴室就由阿克婭負責了。」

「吶、吶，我煮的東西有那麼普通嗎？我好歹也學過最基本的烹飪……」

「所以說為什麼老是要叫我掃廁所啦！而且你只負責煮飯也有點奸詐！我們家多了照顧田地這項新家事，你至少也要幫忙這一項吧。」

兩人如此反駁我的提議時，達克妮絲忽然察覺到一件事情。

「照顧田地？喂，阿克婭那是怎樣，我可沒聽說喔！妳在庭院裡開墾田地了嗎！法律可是明文規定禁止外行人從事農耕喔！」

「達克妮絲乍看之下很聰明但其實是隻呆頭鵝呢。其實高等級的冒險者可以破例獲准從事農耕！妳看，看看我的冒險者卡片。聽懂的話達克妮絲也來幫忙吧！到時候我們再分妳吃好吃的蔬菜就是了！」

阿克婭說完拿出自己的冒險者卡片給達克妮絲看，接著立刻拿著看起來像是農耕用的鐮刀走向外面。

「等等阿克婭，我真的滿心只有不祥的預感，所以家庭菜園千萬碰不得！我只看得到不久之後我們家的蔬菜會給別人家添麻煩的未來！」

我們家的蔬菜會給別人家添麻煩這種台詞在日本應該很難聽到吧。

我瞄了一下追著阿克婭的達克妮絲，同時拿起插在信箱裡的報紙，一屁股坐到沙發上。

「……嗯？」

無意間，我發現攤開的報紙上有篇令人在意的報導。

標題寫著「魔王軍的新動向。疑似因幹部人數減少而產生危機感」。

幹部人數減少這件事和我們有相當密切的關連。

新動向不知道是怎麼回事，該不會是我成了他們的黑名單上的頭號人物了吧。

我現在只想過富裕又安穩的生活啊。

魔王軍怕我的心情我不是不懂，但可以的話希望他們不要來管我。

「話雖如此，麻煩這種東西總是會主動來找我……真是的，英雄難為啊……」

我輕輕嘆了口氣，然後和一直盯著我看的點仔對上了眼。

……我還以為大家都已經出去了，只剩下我一個人呢。

儘管對方是貓，但是那種讓人聽不下去的自言自語被聽見了還是不禁紅了臉的我，繼續翻閱起報紙……

「……什麼！」

沒想到，下一頁的版面上竟然出現了我的名字。

這麼說來，我還記得之前住在王都城堡裡的時候，曾經和惠惠一起去報社抗議，要他們為打倒了一堆魔王軍幹部的我們寫個特別報導。

當時，我們還搬出紅魔族的力量和達斯堤尼斯家的權威，看來直到最近報社才刊登了這篇特別報導。

「這樣啊這樣啊，『葬送了諸多高額懸賞對象以及魔王軍幹部，最強的最弱職業佐藤和真的祕密追蹤報導』是吧。喂點仔，妳看這個。這個叫作報紙。名字出現在這上面可是超級了不起的事情喔。啊，可惡，不可以抓報紙！」

我拿給點仔看的報紙差點被牠抓破，於是我連忙將牠抱起來放在大腿上，再次瀏覽報紙內容。

上面寫了很多有關我們小隊的事情。

首先，上面寫了我是以阿克塞爾為據點的最弱職業，同時也是在各地打倒了許多魔王軍幹部和懸賞對象的神祕冒險者。

靈活運用許多技能，與王公貴族關係密切，也和紅魔族深入交流。

報導更介紹我集財力與權威，以及智慧、力量、幸運於一身，是最值得矚目的冒險者。

「阿克婭——！阿克婭——！妳來一下，看看這個，這個……不對……等一下喔？」

我原本打算把在院子裡不知道和達克妮絲在大吵大鬧什麼的阿克婭叫過來，不過看了報導的後續之後改變了念頭。

我原本是想炫耀有關自己的報導，不過上面提到的不只我一個人。

「『這支小隊當中最厲害的，並非只有佐藤和真一個人。首先是就連人類所能擁有的終極攻擊手段——爆裂魔法都能夠駕馭自如的美少女大法師，更有以遺傳了耐打血統而聞名的大貴族——達斯堤尼斯家的美貌千金擔任十字騎士，再加上一名一切成謎的神祕藍髮美女大祭司也在隊上』……我想不用多說，這些美少女、美女什麼的也是……」

不不不，論外貌她們確實無可挑剔。

應該說介紹我的部分也加油添醋了不少。

「『擁有堅固防禦力以及高強攻擊力的十字騎士擔任前鋒，由據說在緊要關頭連瞬間移動魔法都能夠使用的紅魔族大法師負責火力輸出。後方更有存在本身就非常稀少的萬能職業大祭司支援隊友……冒險者也能擔任一些輔助工作，是結構非常均衡的完美小隊……』……奇怪，報導內容開始有點不太對勁了。」

繼續閱讀後續報導，內容對於惠惠和達克妮絲、阿克婭的評價都十分誇大，但是對於我的表現卻著墨不多。

應該說，報導似乎把我放在指揮官或是指導者之類的定位。

好吧，這樣確實不算錯，只是該怎麼說呢，好像有點不太起眼……

總覺得給那些傢伙看了今天的報紙只會換到她們的一臉跩樣，還是不要好了。

不過……

「拜託你們可別到這種邊境來喔。只要你們不要牽扯到我們，我們也不會主動去找你們打架。」

我瞄了一下頭版報導的「魔王軍的新動向」這個標題之後，便將報紙折了起來。

——做完田裡的工作，和大家一起吃完午餐之後。

「我們去討伐怪物吧！」

嘴邊沾滿了醬汁像是長了鬍子的阿克婭顯得格外充滿鬥志，直接丟出重點。

這個傢伙怎麼突然說出這種話啊？

難不成是因為之前的寶島任務讓她體會到身為冒險者的喜悅了嗎？

「討伐怪物是身為冒險者的本分所以我是無所謂，不過只有我們辦得到嗎？等到惠惠回來之後再說也可以吧？」

阿克婭反駁了一邊優雅地喝著紅茶一邊這麼說的達克妮絲。

「問題就出在這裡！我們有惠惠。沒錯，這當然是個優勢。不過，我忽然想到一件事。因為解決怪物的多半都是惠惠，所以我們才提升不了等級。雖然說已經臻至完美的我把等級提升得再高，能力值也不會成長，不過你們想想，我算是這支小隊的招牌，如果我不是等級最高的一個，會讓外人看笑話對吧？」

「我可沒聽說妳幾時變成小隊的招牌了，不過的確，我也有點想提升等級。」

應該說，不知不覺間除了我以外的隊員的等級全都提升到二十或是三十以上了。

我也吃了不少充滿大量經驗值的高級食材，為什麼會有這麼大的差距啊？

「我偶爾會和達克妮絲一起去墓地除靈，不過只打那些孤魂野鬼果然還是不太夠，一點經驗值都賺不到。所以，我想趁惠惠不在的時候連升好幾等，等她回來之後嚇嚇她。」

「要是知道只有自己被排除在外，惠惠可能會抓狂喔。不過……話雖如此，她現在也在紅魔之里接受那個什麼考驗，同一個小隊的隊員之間的等級差距繼續被拉大也不太好。」

達克妮絲有點認真地沉思，不過經她這麼一說，無論是等級還是職業還是能力值，我都是最沒有立場的一個人。

然而……

「想趁惠惠不在的時候練等來縮小差距是很好啦，問題是妳們要怎麼練等啊？能夠得到經驗值的只有解決掉怪物的人而已吧，妳們兩個完全沒有攻擊手段不是嗎？」

沒錯，達克妮絲的攻擊打不到敵人，阿克婭擁有的攻擊手段只能對付不死怪物或惡魔。

阿克婭從鼻子哼了一口氣，像是在回答我的疑問。

「這個問題我早就想過了。包在我身上就對了！」

她這麼說著面露的那臉跩樣，實在令我感到不安。

3

阿克婭從阿克塞爾鎮上的小巷子裡面探出頭來。

「……找到了。各位，準備好了嗎？」

我原本以為阿克婭是要去鎮外狩獵怪物，結果她的目標在非常近的地方。

「嗚、喂，阿克婭，妳該不會……！」

和我一樣以為要去鎮外而穿上鎧甲的達克妮絲困惑地如此驚叫。

「首先由我稍微攻擊目標一下，阻止他的動作。然後和真就用『Bind』把他綁起來！趁目標無法動彈之後，大家再一起上去圍毆他！」

「妳、妳這個傢伙這樣真的算是神職人員嗎……」

有點傻眼的我對阿克婭這麼說。

不對，正因為是神職人員才會這麼幹吧。

沒錯，阿克婭的目標是……

「哎呀？這不是達斯堤尼斯爵士和她的夥伴們嗎，沒想到會在這種地方巧遇……」

「神光拳！」

大概是在打掃維茲的店門口吧，一隻手拿著掃把啪噠啪達地走著的布偶裝被阿克婭揍了一拳，輕飄飄地落在地上。

聽他倒在地上的聲音那麼輕，內容物大概又被消除了吧。

「喂布偶裝，振作點！巴尼爾，你在嗎——！你家小弟的隻數又被消除了！」

我對著店裡如此呼喊，巴尼爾連忙跑出來。

「可恨的臭女人，汝是不是每天都得找吾的麻煩才甘心啊！」

「每次復活這隻企鵝的時候你的隻數也會跟著減少對吧？既然如此更是正合我意。虔誠的信徒奉獻給我的這神聖而無窮無盡的魔力，對上你那頂多一堆只值三十艾莉絲的隻數。就讓我來試試看到底是哪邊會先耗盡吧！」

正當巴尼爾對著布偶裝的背吹氣試圖喚醒他的時候，唯一跟不上狀況的達克妮絲制止了阿克婭。

「喂阿克婭，妳想拿來練等的目標難不成……」

「當然就是這隻企鵝啊。這個傢伙弱到會被我輕鬆解決掉，但是淨化他的時候我升了一級。換句話說他的經驗值好像很多。所以說，我們就用這招來強化戰力吧！」

「吱噫——！」

剛復活的布偶裝聽見阿克婭這麼說，放聲尖叫——

「——請、請用茶。」

阿克婭順勢闖進維茲的店裡，而害怕的布偶裝端了茶給她。

帶著碎布補丁的小翅膀不住輕微顫抖。

翅膀上的修補痕跡，是因為之前被克莉絲拿匕首砍斷的緣故吧。

配上這樣的外觀，總覺得罪惡感越來越強烈了。

從布偶裝手上接過茶杯的阿克婭啜飲了一口。

「……竟然敢端熱水給我還謊稱是茶啊，你的膽子真不小。」

「什麼！不會吧，我真的泡了茶……！我、我再去重新泡一杯！」

「夠了，不需要重新泡過，絕雷西爾特！汝只是遭到戲弄罷了！」

不但被阿克婭透過把茶杯裡的茶變成熱水這種伎倆找碴，又被相當於上司的巴尼爾訓斥，害得布偶裝垂頭喪氣地垮著肩膀走到我身邊來。

「少年，我確實是惡魔沒錯，但有時也會心靈受創。能不能請你聽我發一下牢騷……」

「我真的不會害你，你還是趕快逃離這個城鎮比較好。」

在我安慰布偶裝的時候，達克妮絲自然而然地環顧店內。

「這麼說來怎麼沒看見維茲啊，她去哪裡了嗎？」

「說到那個電波老闆，最近被吾逼著不眠不休地工作了一星期，結果開始說出感覺到挑戰者的氣息這種莫名其妙的事。之前的寶島讓吾等鬆了一口氣，吾也覺得這樣下去不行，便叫老闆休息去了。」

維茲該不會已經壞掉了吧。

「話說回來，少年。汝等今天到底是來做什麼的？」

「「「啊。」」」

被巴尼爾這麼一說我才想起來。

對喔，阿克婭說的練等方式……

我把視線從愣在一旁看著我們的布偶裝身上移開，帶著阿克婭和達克妮絲到店裡的角落，壓低音量開始商量。

（喂，妳真的想重複打倒那個傢伙來練等嗎？其實以前在紅魔之里，有幾個和我交情比較不錯的人推薦過我一招叫做養殖的練等方式，就是叫人把怪物打到瀕臨死亡動彈不得再撿尾刀，而我現在感覺和那個時候一樣良心不安。）

（那個可愛的外表真的很難搞。不過仔細想想，要聽他尖叫，看他大哭那麼多次的話，即使是惡魔也會讓人很痛心呢。我原本以為這是個好主意的說，這下該怎麼辦啊？）

（既然如此，我們用一般方式去練等不就好了？雖然惠惠不在，但我們的等級應該也練到一個程度了才對。這是個好機會，因為平常都是惠惠在剛遇見怪物的時候就全部清空，我們只能直接閃人。）

這樣啊，以現有成員正常狩獵怪物來練等是吧。

仔細想想，我和阿克婭跟惠惠之前曾經組隊出過任務，但還沒嘗試過我和阿克婭跟達克妮絲這樣的小隊編制。

「好，為了讓小隊在惠惠耗盡魔力之後也能正常運作，就趁現在先練習一下好了。」

對於我這個格外有冒險者感覺的提議，兩人用力點了點頭。

4

後來先是巴尼爾追問我們到底是來幹嘛的，沒耐性的阿克婭被他這麼一激，又淨化了布偶裝，幾經波折之後，我們終於離開鎮上，來到平原。

「就打蟾蜍吧！今天一定要找蟾蜍報仇！」

「我不要！唯有蟾蜍我絕對不要！那種蟾蜍怎麼想都是設計成我的天敵而創造出來的生

物嘛！」

或許是過去的心靈創傷復甦了吧，只有阿克婭一個人反對，也因為這樣我們遲遲無法選出該對付哪種怪物。

「可是阿克婭，以我們的力量而言，我想狩獵蟾蜍應該最有效率才對……有身穿金屬鎧甲的我在，所以蟾蜍不會吃我，如此一來至少可以避免滅團。」

「這樣一來蟾蜍的目標肯定就只會是我了啊！我也是有學習能力的好嗎，依照這個發展我絕對會被吞下肚！」

這個傢伙最近真的有在學習呢，雖然進步非常有限。

即使等級提升了，她的智能數值應該也不會增加了才對啊，難道這就是所謂的成長嗎？看見阿克婭的成長，不知怎地讓我開心了起來，於是決定接納她的意見。

「我知道了。那就挑別的怪物吧。遠離城鎮進去森林裡面如何？聽說這個季節有許多怪物都為了大量進食以備冬眠而頻繁活動。進森林裡一定可以找到很多怪物吧。」

「不要。森林裡有很多蟲系的怪物。反正那些怪物一定會被魅力四射的我散發出來的香甜氣味所吸引，第一個就挑上我圍過來吧。」

聽阿克婭把自己說成像吸引昆蟲的食蟲植物似的，不過確實很有可能發生這種事情。

面對這樣的阿克婭，達克妮絲思考了一下之後拍了手。

「不然這樣如何？阿克婭還記得嗎，之前妳淨化湖水的時候不是有一群鱷魚嗎？失去棲息之處的那些傢伙應該移動到其他濕原地帶了才對。現在想必潛伏在離湖泊不遠的地方吧。既然如此，乾脆趁這個機會斬草除根，徹底完成當時接下的委託……」

「不要。說是這麼說，反正到時候一定是這樣吧？就算到了妳說的那個濕地，妳也會叫我為了誘出鱷魚而淨化水質對吧？這樣一來第一個會遭受攻擊的還是我啊。所以我不要去那種地方！」

…………

「喂混帳，我看妳是因為有點開始變冷了，像這樣賺經驗值感覺又不會比解決那個布偶裝還要輕鬆，所以越來越嫌麻煩了對吧。」

「什麼啊，你很清楚嘛。既然和真會這麼說，就表示你也開始懶了對吧？既然如此，今天就到此為止，在回家的路上買材料回家煮火鍋吧。」

正當如此提出了相當具有吸引力的方案的阿克婭被達克妮絲抓住時，我隨便做出指示：

「好吧，就決定狩獵蟾蜍算了。喂達克妮絲，妳隨便從附近拉個幾隻過來吧。」

「我知道了，攻擊就交給你了。不過，蟾蜍那麼大隻，我的攻擊偶爾也會命中喔。敬請期待。」

即使是這樣也只會偶爾命中啊。

「不要啦啊啊啊啊！為什麼！怎麼了！和真先生才不是這種人！平常的和真先生應該會在我提出輕鬆的方案的時候表示『既然如此就這麼辦吧』三兩下就改變心意才對吧！」

「少、少囉嗦——！別以為我永遠都是那種會自甘墮落的男人！我現在知道自己是個有心去做就會有所表現的男人了！廢話少說，妳也乖乖跟上！」

在哭個不停的阿克婭被拖著走的同時，我環顧著四周——

「最近的和真不太對勁，太奇怪了！感覺就像長年窩在家裡的尼特鼓起勇氣出去打工，結果只因為第一次工作稍微有人稱讚一下就有了自信，誤以為自己是個只要有心就可以有所表現的人似的！你那毫無根據的自信是從哪裡冒出來的！是因為被達克妮絲親了嗎！因為被親了開始轉大人了才變成這樣嗎！」

「妳、妳很吵喔阿克婭，快點把那件事給忘了吧！你也不要動不動就偷瞄我！應該說和真，看得到的範圍內都沒有蟾蜍啊！」

尋找蟾蜍的達克妮絲大概是想起在大家面前吻了我的那件事吧，顯得有些動搖。

阿克婭的意見也不能完全說是錯誤，不過我現在充滿自信有別的理由。

是今天早上登在報紙上的特別報導。

被那樣大幅報導的和真先生都已經到這裡來了，怎麼可以因為嫌麻煩就回家呢？

這樣我怎麼對得起全國的佐藤粉絲，甚至是如今也在日本努力打拚的所有同姓的佐藤先生小姐呢。

我拿出弓。

「喂達克妮絲，首先我會用仿製炸藥吵醒潛進地底的蟾蜍。接著，妳就使用『Decoy』技能引誘那些蟾蜍接近。蟾蜍一開始應該會集中到達克妮絲那邊去，但終究會發現妳穿的是金屬鎧甲，放棄捕食妳。不過，在蟾蜍找上我們當下一個目標，往我們這邊過來的時候……我的弓箭想必早已解決那些傢伙了吧。」

說完，我對達克妮絲露出帥氣的淺笑。

「喔、喔喔……！今天的你到底是怎麼了，真的莫名充滿了自信呢！感覺就像是長年以來一直是處男的傢伙鼓起勇氣走進成年人才能去的店裡，明明是第一次做那種事情卻被稱讚技術好還因為這樣就冒出自信，誤以為自己只要有心就可以有所表現似的……！」

「吵死了——！妳們兩個是怎樣啊！從剛才開始就一直是這種態度，我冒出自信來有那麼奇怪嗎！可惡，我就讓妳們好好見識一下，即使沒有惠惠照顧，我也是個只要有心就可以有所表現的男人！『Tinder』——！」

我拿出仿製炸藥，然後丟向遠方。

關於點火的部分，因為我的土製導火線有時候點得著，有時候點不著，品質還不是很穩定，所以直接用「Tinder」點燃。

雖然這是惠惠在場時絕對派不上用場的道具，但即使她叫我丟掉這種東西，我依然持續少量製作。

看見我這一連串動作的阿克婭用力摀住耳朵，閉起眼睛。

響亮的爆炸聲傳遍阿克塞爾鎮外的廣闊平原。

同時地面也開始蠢蠢欲動，熟悉的生物出現在我們眼前。

「好！出現了和真，是蟾……蜍……？」

不，眼前的確實是蟾蜍。

只是數量並非一隻或兩隻——

「吶和真，為什麼有這麼多蟾蜍！而且還全部都往我們這邊看，到底是什麼狀況啊！」

被達克妮絲抓著手臂的阿克婭如此哭喊。

不，我也不知道是什麼狀況啊……！

「我就說嘛！所以我不是說了嗎！就叫你們不要獵蟾蜍了！這些蟾蜍一定是惡魔為了對抗身為神祇的我而創造出來的邪惡生物！哇啊啊啊啊啊啊啊，所以我才提議要回家嘛——————！」

「吵死了———不想死的話就不要只會哭，給我施展個支援魔法！話說回來這個數量也太奇怪了，該不會又是妳的霉運帶來的吧！」

蟾蜍們跟平常不太一樣，看起來肚子好像非常餓，蹦蹦跳跳地朝我們直線前進。

達克妮絲見狀思考了一下之後說：

「喂和真，我看這恐怕是寶島害的！蟾蜍們因為身為神獸的寶島的魔力而感到害怕，鑽進地面底下一直待著。受迫於尋常的大型懸賞怪物根本比不上的強大魔力，所以肚子餓了也不敢出來，結果被你的魔道具一嚇，全部都像這樣蹦出來了吧。」

「快道歉！竟然想把責任推到我的霉運上，快點鄭重向我道歉！這個狀況是你搞出來的，快點負起責任想辦法搞定！」

我對著聽了達克妮絲的說明變得咄咄逼人的阿克婭說：

「我也沒想到一根炸藥會把事情鬧成這麼大啊！不過我不該懷疑妳的，抱歉！我道歉就是了，我們一起死了心乖乖被吞下肚吧！反正達克妮絲一定活得下來，等她事後把我們救出來就可以了！」

「我受夠了——————！我已經受夠渾身黏液了——————！也已經受夠腥臭味和被玷汙了——————！」

「呼哈哈哈哈哈哈！來吧——！」

望著逼近我們的蟾蜍大軍。

我再次體認到，這個小隊還是要全體隊員到齊才算是能夠獨當一面。

「嗚……嗚……我不要出去外面了啦……夠了，這個冬天我都要待在家裡……」

渾身濕滑的阿克婭一面滴著黏液，一面踱步走過地毯。

我也想趕快去洗澡，不過今天就先讓給阿克婭好了。

畢竟阿克婭每次剛從蟾蜍的肚子裡被達克妮絲救出來時，就會被別的蟾蜍一口吞掉。

如果是我和阿克婭同時被救出來的話，不知為何都是阿克婭優先被吞掉。

我想大概是和阿克婭的運氣原本就很差有關，不過這次害我有點相信她主張的蟾蜍是神之天敵論了。

我牽著腳步虛浮的阿克婭的手，帶著她到浴室去。

「乖，我幫妳放熱水就是了，快點洗澡吧。我等妳洗完再洗就可以了。」

「嗚……嗚嗚……這明明有一大部分是和真先生用炸藥吵醒蟾蜍大軍的錯，可是你一對我好我還是會原諒你，真不甘心……」

我把一邊哭一邊乖乖被我牽著走的阿克婭推進浴室裡，並用魔法放水然後變成熱水。

在阿克婭洗好澡之前，我帶著滿身的黏液，一直等待去報告今天的蟾蜍討伐成果的達克妮絲回來——

「我回來了。」

多虧有蟾蜍不喜歡的金屬鎧甲而獨自倖免於難的達克妮絲，拿著討伐報酬和變賣蟾蜍肉得到的錢，動也不動地站在大門口緊緊盯著我看。

「辛苦妳了。浴室還要排隊喔。阿克婭洗好之後先讓我洗吧……怎麼了，幹嘛一直盯著我的身體看？」

「沒、沒有啦，只是看大家總是被蟾蜍吞下肚，想說被蟾蜍捕食到底是什麼感覺……」

原本還覺得最近比較沒有那麼誇張了，不過看來她的超級受虐狂本性一直沒有醫好呢。

「達克妮絲，妳回來啦～～和真，我浴室用完嘍～～不可以偷喝我泡過的洗澡水喔。被我淨化過的熱水應該非常潔淨才對，但如果有蟾蜍成分混在裡面的話可能會讓你拉肚子。」

洗好澡穿著睡衣的阿克婭，光著腳啪噠啪噠地走了過來。

「妳把我當成什麼了啊黏液婊。我現在還是渾身黏液的狀態喔。如果妳不想落到得重新洗一次澡的下場就說對不起。」

「對不起和真先生，我已經受夠黏液了所以請原諒我。」

丟下以流暢的動作跪地求饒的阿克婭，我決定趕快去洗澡。

——把濕黏的身體洗乾淨之後，我泡在浴缸裡喘了口氣。

總覺得今天發生了不少事情，但距離惠惠出門旅行，還不到一天。

照理來說，少了一個問題兒童應該會比較輕鬆才對，但我為什麼會如此疲累，碰上如此悽慘的遭遇呢？

這時，我感覺到浴室外面有人。

「吶和真，我今天已經很累了，所以晚餐就不吃了。不過我拿了下酒菜喔。」

「喂，妳說的下酒菜該不會是我珍藏的魚子醬吧？那是我還住在城裡的時候，硬是向那個把什麼東西都丟進味噌湯裡的奇怪執事要來的高檔貨耶！」

我試圖留住在浴室外面向我搭話的阿克婭，但她還是哼著歌離開了。

我瞬間冒出全裸追出去的念頭，但覺得累的人不是只有那個傢伙。

我不經意地閉上眼睛，順勢把肩膀以下都泡進熱水裡——

不知道睡了多久。

等我回過神來的時候，油燈的火光已經熄滅，窗外也已經變暗了。

浴缸裡的熱水也已經完全變成了溫水，看來我睡掉的時間並不短。

換句話說，可見我有多累。

還有……

「平常看不出來，但惠惠在隊上發揮了相當大的作用呢……」

我們今天對付了大量的蟾蜍，而要是惠惠在的話，大概一招就收工了吧。

仔細想想，在達克妮絲差點嫁給那個叫阿爾達普的領主大叔的時候，我也是在她離開之後才發現她有多麼重要。

既然如此，現在只會把人家珍藏的寶貝下酒菜槓走，又老是帶來一堆麻煩的阿克婭或許也一樣——

「不可能不可能。就只有她絕對不可能啦——」

在已然變暗的浴室當中，我語帶自嘲地自言自語。

好吧，單就恢復魔法這點來說，她或許是值得稱讚啦。

話說回來，在對付惡魔和不死怪物方面她也很優秀。

不，真要說的話，只要遺體尚未腐敗想要復活幾次都可以這一點，才是稱為作弊能力也

不為過……

「不，如果沒有阿克婭的話，我一開始應該可以得到更強的神器或是能力才對，這樣一來根本就不會死吧……」

嗯，我還是不要提這個好了。

要是提了她應該會哭吧。

而且，事到如今，我覺得在這個世界的無厘頭生活——

也還不壞。

就在我這麼想的時候。

浴室外面響起了開門聲。

油燈的火光已經熄滅，我目前待的浴室裡面相當昏暗，沒有人會覺得裡面有人吧。

阿克婭已經洗過澡了，惠惠又在紅魔之里。

既然如此——

我聽著脫衣服的布料摩擦聲，回想起那天的事情。

第一次叫夢魔服務的那天晚上，我也是像這樣泡澡。

回想起來，那天也是一樣的狀況。

油燈的火光偶然熄滅，我在浴缸裡睡著。

那個時候我以為是在作夢，但現在我知道這是確切的現實。

隔在浴室與更衣室之間的玻璃門上，浮現了一個白色的身影。

完全就是當時的原影重現。

拉開玻璃門出現在那裡的，當然是達克妮絲。

總覺得比起之前我烙印在眼底的時候有很多地方都變得更大的達克妮絲，和我確實對上了眼之後。

「呀啊啊啊啊啊啊啊啊啊啊啊啊啊！」

尖叫聲在浴室裡面迴盪——

「——你你你你、你在想什麼啊幹嘛突然尖叫！不對，應該說為什麼尖叫的是你不是我啊，奇怪的點太多了吧！」

達克妮絲連忙衝到放聲尖叫的我身旁來，帶著拚命的表情摀住我的嘴，並快速這麼說。

沒錯，剛才那聲「呀──」是我叫的。

尖叫的是我。

我推開達克妮絲摀在我嘴上的手。

「要是因為幸運情色事件就被當成性騷擾犯的話誰受得了啊！我認為，以世間的男性不可抗力型幸運情色事件而言，女性方面並沒有生氣的權利！本來就是啊，現在這個情況也是我先進來的！要是性別相反的話，妳才會是被當成色狼的那一個！但為什麼都是男的被當成壞人啊，肯定是這個社會有問題！這樣太奇怪了吧！」

「我、我知道了，你並沒有錯！不對，我打從一開始就沒有要責怪你的意思……」

驚慌不已的達克妮絲一副有話想說的樣子。

「不是我要說！為什麼色狼只憑女性的證言就可以成罪，從這個部分開始就有問題了吧！假設我和妳一起搭電車，然後妳亂摸我的屁股好了！如果我大聲嚷嚷說妳是女色狼的話，真的會有人把我當成一回事嗎！」

「等等，為什麼我要摸你的屁股……！應該說，電車又是什麼……」

越說我越火大了。

沒錯，這個社會有問題。

如果要宣揚男女平等的話，電車內的色狼行為不應該只有男性單憑受害人的證言成罪，女色狼也應該一樣！

「要是我當上總理，就要一視同仁把男女色狼統統抓起來！而且絕對不能冤枉無辜。我要在所有車廂設置監視攝影機，試圖冤枉別人是色狼的傢伙不分男女全部嚴懲！」

「這、這樣啊，我知道了！算我拜託你，冷靜一點好不好，要是阿克婭跑來這裡的話怎麼辦！應該說你到底在說什麼啊，我從剛才開始就幾乎都聽不懂！」

達克妮絲看起來一臉快要哭出來的樣子，還把食指放在嘴唇前面要我安靜，不過我才不理她！

「但是如果是年輕貌美的女色狼，只要受害人不報案就當作無罪！等我回到地球之後，就要打出這個政策問鼎政壇……！」

……激動地說到這裡的我，忽然察覺到達克妮絲現在的模樣。

她身上的確沒有衣服，卻穿著看似比基尼的泳裝。

泳裝上還圍了一條大一點的毛巾，手上握著洗背用的毛巾。

大概是察覺到我的視線吧，達克妮絲面紅耳赤地露出害羞的表情，以有如蚊子叫一般的音量表示：

「……我進來……是想幫你洗背…………」

6

昏暗的浴室裡蕩漾著濕潤的聲響。

「唔……呃……！」

「和真……」

如此的景況，醞釀出不同於平常的閒適日常的氛圍。

「達、達克妮絲……接下來，再往這邊靠一點……」

「我、我知道了……可是和真，那個……」

從剛才開始就紅著臉頰，看起來有口難言的達克妮絲，大概也因為這不同於以往的日常而感到困惑吧。

「呼、呼……達克妮絲，我、我、我已經……！」

「和真，我已經不行了，我沒辦法再忍下去了……！」

苦悶地喊出聲的達克妮絲終於——

「只不過是洗個背罷了，為什麼你要動不動就叫出聲啊！聽起來好像在做什麼猥褻行為一樣！」

把她用來搓洗我的背的毛巾對準我的後腦杓扔了過來。

我拿起她扔在我頭上的毛巾，開始自己搓洗身體的前面。

「妳這樣說我也沒辦法啊，之前妳幫我洗背的時候我以為是在作夢，所以沒想到要細細品味。」

現在回想起來真是太可惜了。

那個時候我想說反正是隨時可以夢到的事情，才會催她趕快繼續做後續動作。

「你以為那是夢才可怕。換句話說，那表示你在夢中敢像那樣大大方方地要求我讓你稱心如意。」

舀起熱水幫我沖掉背上的泡泡的同時，達克妮絲如此嘀咕。

「那當然啊，是在我自己的夢裡面耶。妳知道嗎？只要是在夢裡面，無論夢見多麼猥褻的情境都不會觸犯肖像權或是條例，我很尊敬的一位女性是這麼說的。」

「那個傢伙是什麼來歷，竟然灌輸你如此愚蠢的概念！」

達克妮絲在生氣的同時把熱水往我的頭上倒。

「真是的，你的交友關係從以前就一直讓我很介意。你很尊敬的女性是誰？我可是第一次聽說你有這樣的朋友喔。」

「是一個做人的氣度和魅力全都在妳之上的溫柔女性。」

「至少像這種男女兩人獨處的時候不應該把話講得這麼明白吧！」

拿達克妮絲和那個人相比簡直是對她不敬。

我說的那個人，當然就是終日以僅限一夜的美夢療癒在阿克塞爾形單影隻的寂寞冒險者們，對於降低鎮上的犯罪率也有所貢獻的，偉大的夢魔大姊姊。

「話說回來，妳幹嘛突然為我提供這種服務啊？難不成連妳也要和阿克婭一樣說想要零用錢嗎？今後如果也想接受這樣的服務，我一次必須付妳多少錢啊？」

「可以不要把人家做了相當的心理準備才採取的行動說成服務嗎。這是我答謝你救了西兒菲娜的方式之一。惠惠和阿克婭，還有巴尼爾和維茲和冒險者們，我都已經答謝過他們了，卻還沒有好好謝過和真……」

說完，達克妮絲為了冷卻變紅的臉和自己的腦袋，拿起腳邊的水瓢往自己的頭上倒冷水。

「好冰！妳要潑冷水也離遠一點吧！我又不是妳這個超級受虐狂，太燙太冰我都不喜歡！」

「我也不是一年到頭都沉迷在那種行為當中好嗎！誰教你每次都要說那種令我困惑的話！」

說著，達克妮絲害羞地低下頭，繞到我前面來。

「嗚、喂，妳認真的嗎？妳為了答謝我打算做到什麼地步啊？我要不要另外付錢啊？」

「你還是乖乖閉嘴吧！真是夠了，毛巾要圍好喔。聽好了，這不是像阿克婭那樣在幫你做球喔。我現在要幫你洗身體前面，所以不准動喔！」

達克妮絲把視線從我身上移開，開始胡亂搓洗我的胸膛。

「我知道我知道，我也和妳相處這麼久了，我知道其實妳對這種事也不是沒有興趣。」

「你才不知道，你根本什麼都不知道！廢話少說乖乖待著別動！」

大概是吐嘈跟不上我的搞笑吧，達克妮絲大口喘著氣，往我身上沖熱水。

「唉……虧我來的時候還那麼緊張，搞得自己像白痴一樣……夠了喔，我不是叫你不准動嗎！你這是故意想要現寶給我看對吧！」

聽達克妮絲說出這種意有所指的話，我反射性地說：

「妳該不會是要跟我說這樣就結束了吧？穿成那樣又做到這種地步了，現在妳跟我說妙齡男女在一起只有洗完背就結束了？」

「！不，可是你已經有惠惠了……」

達克妮絲露出困惑的表情，不知所措了起來。

「沒錯！我有關係已經相當親密的惠惠了！可是，妳願意這樣嗎？妳真的願意就此退出嗎！上次妳不是對我說了『……啊啊，看來我果然比自己以為的還要喜歡你呢……』！」

「是、是啦……我是說過沒錯，可是……」

「那個時候我很高興。」

聽我斬釘截鐵地這麼說，達克妮絲瞬間屏息。

「這、這個……」

「那個時候，能夠聽到妳那麼說，我真的很開心。沒錯，我是甩過妳一次。不過男人這種生物很難搞的。光是拒絕了一次對方就乾脆放棄的話，感覺也挺空虛的。不過這點女人也一樣吧？」

達克妮絲用力吞了一口口水。

「也、也就是說，你要放棄惠惠選擇我……？」

「啊，這倒是不會。我是貫徹始終的男人。一旦有過那種關係，就不會突然翻臉不認人另投別的女人的懷抱或是腳踏兩條船。因為我的目標是誠懇待人。」

聽我這麼說，達克妮絲「啊？」了一聲，瞪大眼睛。

「不，可是……呃，你選擇了惠惠，可是照現在的狀況發展下去會變成不應該的關係，然而這樣……？」

達克妮絲露出困惑的表情，顯得相當混亂。

「這個狀況對妳而言太複雜了是吧。總而言之這樣說好了。我想當個誠懇的男人。可是，妳仰慕我、喜歡我喜歡到不得了的心情我也稍微能夠理解。」

「我並沒有說過喜歡你喜歡到不得了那麼誇張的程度……不，沒事……」

我只用視線就讓隨便插嘴的達克妮絲閉嘴之後繼續表示：

「換句話說。知道外遇是不應該的事情，所以我會抵抗。我會堅決抵抗，但是我和妳之間有等級差距，能力參數也輸給妳，若是遭受好色的妳動手動腳根本無法反抗。不過我也是最懂得為同伴著想的和真先生，無論妳對我做了什麼，我也不會因此而討厭妳……」

「你你你、你這個傢伙太鬼扯了吧！世間叫你人渣真、垃圾真什麼的根本還不夠看！為什麼惠惠偏偏挑上你這種男人啊！」

我對打斷了我的發言突然暴怒的達克妮絲說：

「少少、少囉嗦——！妳還不是說過喜歡這樣的男人！再說了，妳動不動就做這種色色的事情，任何健全的男人都無法抵抗好嗎！不如說一直到現在都還沒有跨越最後一道界線的我值得誇獎才對！」

「誰要誇獎你啊，說什麼傻話！夠了，是我白痴！真不爽，我要出去了！你一個人在這裡自己擼吧！」

明明是個千金大小姐還說什麼擼不擼的，她剛才的發言太不得體了吧！

「喔，都已經走到這個地步了卻想走人啊，明明前面都還沒有洗完呢，妳說要答謝的心意消失到哪裡去啦！平常開口閉口叫我軟腳蝦，我看妳才是真正的軟腳蝦吧！還說什麼達斯堤尼斯家不會屈服，妳以後不准再說這種台詞耍帥了！聽懂了沒！」

聽見我這麼說，達克妮絲的眉毛越挑越高。

「好啊，我就把該做的事情做完啊，不過我只會洗身體！絕對不會做更進一步的事情，我還沒有好騙到會上你那種挑釁的當！」

「不需要說那麼多啦要動手就快，不過也要妳有動手的覺悟才行！阿克婭現在大概已經大啖昂貴的下酒菜醉到不省人事了，惠惠也在紅魔之里！換句話說現在沒有人會阻止我們！別以為還會像之前那樣剛好有人來妨礙我們！」

達克妮絲拿起毛巾，憤怒地以粗暴的動作開始搓洗。

「喂，會痛啦！既然妳是要道謝的話好歹動作也輕一點！」

「你這個男人還真是囉嗦，這種事情我當然要盡快搞定！」

或許是因為她生氣有一部分是在掩飾害羞吧，達克妮絲變得滿臉通紅，視線從剛才開始就一直盯著某個部位不動——

「你設法處理一下那裡好嗎！被撐起來的毛巾害我介意得不得了！」

「這只是普通的魔術，我們剛才不是打倒了蟾蜍嗎？提升等級之後我學了魔術技能。」

「又不是宴會才藝技能，哪有這種無聊的技能啊！你這個傢伙真的是，怎麼會有你這種男人啊……像你這種人還是配不上純真又直率的惠惠，快點和她分手吧！」

這個傢伙說的這是什麼話啊！

「很遺憾的，惠惠心裡只有我啦！誰要聽妳說的話啊，我要讓惠惠好好寵我！」

「真虧你這個渣男可以渣到如此坦蕩！……這樣啊，我懂了。原來如此，打從一開始我就應該這麼做才對。」

達克妮絲不知為何露出看開了的笑容。

「我要製造既定事實然後向惠惠告狀。告訴她你這個男人有多爛，有多麼禁不起誘惑。我要好好告訴她你的缺點，讓她對你心灰意冷。只要讓惠惠越來越討厭你，就不會傷害到她了。再者如果你不會受到我誘惑，我就願意承認你是配得上惠惠的男人！」

說完，她突然整個人壓到我身上！

這個傢伙，竟然想出這麼惡毒的方法……！

「我、我有惠惠了……！我可不會讓妳稱心如意！可惡，把妳的手放開！」

「說是這麼說，你卻連技能也不用，抵抗得也不太用力呢！我看你其實有一點期待吧？」

好了，接下來就是連我也還不知道的……！」

興奮不已的達克妮絲說出這種壞蛋似的台詞，就在這個時候。

「還不知道的……什麼啊？」

這個聽起來極為冷淡的，是熟悉的惠惠的聲音。

以近乎全裸的狀態幾乎完全抱在一起的我和達克妮絲看向聲音傳來的方向……

眼睛閃著紅光，一臉沒好氣的惠惠，就打開玻璃門站在那裡。

在達克妮絲開口說話之前。

「快救救我！這個女人擅自闖進浴室想要侵犯我！」

「你你、你這個傢伙！果然是個無可救藥的差勁男人！」

我對惠惠如此放聲吶喊。

第三章

對跟蹤狂受害者伸手救濟!

1

「然後，那個時候達克妮絲就說了。『……啊啊，看來我果然比自己以為的還要喜歡你呢……』」

「呀——!」

「然、然後呢?然後呢!和真怎麼回應她的告白!」

「對此，我是這麼回應的。『我已經有惠惠了。所以，妳還是放棄我吧……』」

「呀啊啊啊啊啊啊!」

「等一下啊啊啊啊啊!你和惠惠有一腿喔!難不成和真其實很有女人緣嗎!」

在慶祝西兒菲娜康復的宴會之後，我只要閒來無事就會來冒險者公會玩，像這樣找認識的冒險者們炫耀最近自己多麼有女人緣。

「不過要說是理所當然那確實也是。畢竟我可是打倒眾多強敵，如今甚至有報紙的特別報導專文介紹的和真先生！妳們看看這份早報！」

面對來聽我炫耀的兩名女冒險者，我秀出手上的報紙給她們看，一副不可一世的樣子。

活得低調又謙虛？

我和強敵交戰是事實，稍微被人吹捧一下也不犯法吧。

這時，看了刊出我的名字的報紙，她們兩個都一臉微妙。

「……吶，這是在王都發行的報紙對吧？」

「為什麼和真的報導會刊在上面啊？」

我原本還以為這兩個冒險者會誇我厲害，但不知為何她們都默不作聲。

「妳們兩個是怎麼了，幹嘛一臉微妙。我看是這樣吧，妳們覺得我出名了，現在距離妳們太遙遠了是吧？用不著擔心，我不會離開這個城鎮的。以我和妳們的交情，今後照樣叫我和真先生就可以了，用不著客氣……」

「不，你說的那些完全不重要。」

「嗯，那些一點也不重要。」

哎呀，突然就全盤否定我了。

「不然是怎樣，我上報紙了讓妳們很羨慕嗎？」

兩人互看了一眼。

「你會被出名的冒險者盯上喔。」

然後對我說出這種很有可能讓我惹禍上身的事情。

「——總之就是這樣，有認識的冒險者對我這麼說，不過應該沒問題吧？應該不會有人突襲我吧？應該說，突然攻擊別人是犯罪行為對吧？」

回到我的豪宅的大廳。

拿著剪報的達克妮絲整個人不住顫抖。

看來這個傢伙相當介意我們假借她老家的權力對報社施壓。

「你你、你這個傢伙……！又濫用我們家的威望做這種無聊的事情……！喂惠惠，妳要上哪去！等著跟和真一起挨罵吧！」

正當達克妮絲指責準備抱著點仔倉促逃向二樓的惠惠時，阿克婭看了剪報之後用力拉了拉我的袖子。

「和真先生和真先生，這張剪報給我吧。你看，仔細看看這裡，上面寫了藍髮的美女大祭司呢。」

「才不要呢，我也想保留自己的特別報導啊。我的介紹欄寫的可是最強的最弱職業耶。簡直正中我的中二魂啊。先別說這個了，達克妮絲，應該沒問題吧？這個城鎮的治安這麼好，要是有那種說話危險的冒險者，警察應該會立刻趕到吧？」

抓住惠惠的達克妮絲重重嘆了一口氣。

「冒險者公會認可冒險者之間的決鬥喔。以前你不是也跟一個拿魔劍的男人單挑過嗎？……不過該怎麼說呢，反正要是出了什麼萬一也有阿克婭在……」

「妳的意思是我翹辮子了也不會怎樣是吧，開什麼玩笑啊混帳！」

明明在奇怪的地方就有規定得很仔細的法律，這個國家為什麼在這種重要的事情上面卻這麼隨便啊！

這時，被達克妮絲拎著後領的惠惠忽然露出安撫人心的笑容。

「沒什麼，你用不著擔心啦和真。不管來挑戰你的冒險者是何方神聖，我都會幫你擊退對方。所以你大可以放心繼續炫耀。」

「惠惠，妳不可以太寵這個男人！我從之前就這麼覺得了，不過最近妳過度保護他的情況變得特別嚴重！到底發生什麼事了！」

達克妮絲突然激動了起來，而眼睛閃現紅色光芒的惠惠轉過頭去看著她說：

「發生什麼事了？達克妮絲還敢問啊？」

「咦！」

惠惠的態度突然強勢了起來，讓達克妮絲有點畏縮，不禁放開她抓著惠惠後領的手。

「不就是因為某個女孩！抓著人家看上的男人！趁隙對著他的嘴唇又含又舔，還吸個沒完的嗎！」

「含……吸、吸個沒完！喂惠惠，可以不用說得那麼淫穢吧……！」

招架不住的達克妮絲不斷後退，惠惠便跟上去用力抬頭看著她說：

「原本覺得妳是溫室裡的花朵才對妳那麼好，想給妳一個機會好好做個了斷！結果光是表達自己的心意還不滿足，昨晚也用妳的情色肉體勾引我的男人！」

「我我、我並沒有勾引他……！喂和真，你也幫我辯解一下吧！」

先別管什麼辯解不辯解了，我想再聽惠惠說一次「我的男人」。

不知不覺間我已經從同伴以上戀人未滿的定位升格到惠惠的男人了嗎？

這時，看著我們像是在打情罵俏似的互動，阿克婭突然用力拍桌子。

「和真先生變了。這樣才不是我依賴的尼特處男！你什麼時候降級為後宮系主角了！」

從尼特處男變成後宮系主角應該算是升級吧。

「阿克婭，妳仔細聽好了。男女之間絕對不會產生什麼友情。即使產生了友情，總有一天也會開始將對方當成異性看待，而心生情愫。像我這樣一個實力堅強又可靠，經濟狀況也相當寬裕，前途無量的男人就在身邊的話會怎樣？沒錯，事情會變成這樣是一開始就可以預料到的狀況。」

我安穩地坐在沙發上，氣定神閒地摸著從惠惠手上逃到我這邊來的點仔的背。

「這個人怎麼又說出這種好笑的事情來了啊。可是說來奇怪，我也跟和真先生在一起很久了，對和真先生卻一點情愫也沒有。」

「說來奇怪我也一樣呢，真是太巧了。只要不是妳，不管和任何人在一起我都會有點心動的說。」

…………

我和阿克婭對著彼此擺出威嚇的姿勢，一點一點拉近距離。

「還有達克妮絲最近在豪宅裡都穿成這個樣子是怎樣啊！穿得像個居心叵測的酒家女一樣暴露，妳就那麼想露給和真看嗎？就這麼想露是吧？剛洗好澡的時候也一樣，沒事還在和真附近晃來晃去！」

在我們的身邊，惠惠正對身穿煽情睡衣的達克妮絲咄咄逼人。

聽她這麼一說，達克妮絲最近確實老是以相當挑逗的模樣晃來晃去。

「才才才、才沒有……！這是……妳知道的，最近很熱！」

「季節都已經快要冬天了好嗎！」

這是怎樣，達克妮絲不久之前才說對我死心最後還給了我一個吻，但是最近的小動作和昨天晚上的行動，怎麼看都是這個傢伙以她自己的方式在誘惑我嘛。

「而且還像是在炫耀似的挺著這種東西給人家看！和真是個意志薄弱的人，我不准妳這樣偷偷摸摸誘惑他！」

「這並不是在誘惑他……！痛痛痛痛痛！惠惠，可以不要那麼用力握這種地方嗎！睡衣掀開來可就不好了！」

…………

「有破綻——！」

「咕哇！」

正當我的注意力不小心被一旁的達克妮絲的狀況拉走的時候，阿克婭對我施展了低空飛彈踢。

被阿克婭的攻擊命中下腹部的我像斷了線的木偶似的蹲下。

「擊破後宮尼特了！」

我要宰了這個傢伙！

我因為過於疼痛而發不出聲音的時候，蹲在地上的我身旁的點仔忽然抬起頭來。

抬起頭來的牠就這麼盯著固定的地方——透過豪宅的窗戶看著外面，動也不動。

「這孩子到底是怎麼了？如果是想去外面的話，牠平常都會猛抓窗戶叫我們幫牠打開的啊，怎麼都不動呢？」

「痛痛痛……大概是看見什麼不該看見的東西了吧？該不會有亡魂吧？」

我從痛楚當中恢復之後站了起來，至於阿克婭則是一路往窗邊走去，看了外面一眼便放聲大叫：

「啊——！怎麼搞的，鎮上怎麼會有那麼多孤魂野鬼啊！我都有乖乖定期去公墓除靈耶，怎麼會跑到鎮上來呢！」

聽她這麼說，不只我，就連剛才還在吵架的惠惠她們也看向阿克婭。

「……等一下，不要聽到靈體聚集過來就不分青紅皂白全部怪到我頭上來啦。這次應該和我完全無關才對！因為這些亡魂看起來不只是孤魂野鬼，而是被召喚出來的孩子們！」

……召喚亡魂？

能夠辦到這種事情的，就只有稀少的上級職業死靈法師，還有不死怪物之王巫妖了吧。

目前這個鎮上不存在死靈法師。

既然如此——

與我視線交會之後，阿克婭便點頭表示她知道了。

「之前因為去她店裡玩的時候她都會招待我茶水點心我才饒過她，不過看來她終於顯露出巫妖的本性了！但今天我已經洗好澡換上睡衣了所以不想出門，明天一早我就去好好教訓她！」

現在就去啊。

2

隔天早上。

由於阿克婭最近一直吵著想吃魚，為了順應她的任性而每天都去湖邊發爆裂魔法的惠惠，今天一大早就帶著負責背她的達克妮絲出門了。

不過一直對湖泊發魔法的她好像快要膩了。

如此這般，我和阿克婭一起來到維茲的店。

「有人在嗎！」

情緒顯得特別高昂的阿克婭「砰」一聲用力打開門，走進店裡的時候也一副像是來踢館的樣子。

「……大清早的吵死人了離群女。汝到底來這間店有何貴幹？吾現在很忙。沒什麼要緊事的話晚點再來吧。」

阿克婭闖進店裡，只見巴尼爾在裡面等著。

「我是來罵維茲對亡魂的管理方式過於鬆散，那個孩子在哪裡？話說回來，你叫我離群女是什麼意思？如果意思是孤傲又高潔的阿克婭小姐的話，等到你的隻數歸零的時候，我可以為你祈禱，讓你下次投胎轉世的時候至少可以變成草履蟲，不用再當惡魔。」

「離群女的意思是連好騙得不得了的後宮小鬼都不想理的落單女……混、混帳，吾不是說過，如果只是攻擊吾的話隨時候教，叫汝不准把店裡的商品變成清水嗎！」

兩人立刻開始鬥嘴了，但最重要的維茲本人不在。

「吶巴尼爾，維茲到底上哪去了？我們有點事情要找她。」

「那個放浪老闆昨天傍晚不知道上哪去之後就沒回來了。那個傢伙一點有男伴的跡象都沒有，和不知道哪來的男人玩到早上才回來或許算是好事一樁。」

「等一下，你騙人的吧！看那個孩子一臉乖巧居然做出這種事情來！和真也好其他人也好，怎麼大家都被情啊愛的沖昏頭了啊！」

正當我為不在場卻得遭受誹謗中傷的維茲感到同情的時候，店裡的地板突然亮了起來。

我還在看不知道是怎麼回事的時候，地板上浮現出魔法陣。

最後，隨著光芒一起出現在魔法陣上面的……

「巴尼爾先生，快救我！」

出現的是維茲。

看來她是用瞬間移動魔法跳躍過來的。

「『Turn Undead』——！」

「噫呀啊啊啊啊啊啊啊啊——！」

阿克婭突然施展的淨化魔法讓維茲放聲尖叫，身影變得模糊。

「妳這個傢伙沒頭沒腦的在幹嘛啊！看看維茲變成什麼樣子了！」

「你冷靜一點好嗎毛躁尼特。剛才的魔法用的是刀背，只是稍微懲罰一下她丟著那些臨時工亡魂沒有處理罷了。」

魔法還有分什麼刀鋒刀背喔。

「玩到這種時間才回來，汝到底上哪去晃蕩了，輕浮老闆。吾不是交代過汝今天一大早就有進貨的工作嗎！」

「沒錯，問題就是這個！瞧妳一臉沒有男人緣的剩女樣，現在卻若無其事地玩到早上才回來是怎樣！妳這個濫好人肯定是被壞男人騙了！具體說來就是像和真先生這種！」

這個傢伙，看來還是要不時給她一點顏色瞧瞧，不然她馬上就會得意忘形。

正當我在想該如何處置阿克婭的時候，維茲連忙舉起雙手左右揮。

「你、你們兩位先等一下！為什麼我不但差點遭到淨化，還得被貶低得這麼一無是處啊！」

我對著被他們兩個罵到快哭出來的維茲提出疑問。

「不，妳現在先不用管他們兩個沒關係。更重要的是妳到底怎麼了？瞧妳那麼慌張的樣子。」

或許正如阿克婭所說，剛才那招用的是刀背的緣故吧，維茲的身影雖然有點模糊，人倒是沒什麼大礙。

而這樣的維茲緊緊抱著自己的身體，護著自己。

「有跟蹤狂！」

然後說出這種話。

「——來，喝點熱茶放鬆一下。感到害怕的時候暖暖身子最有效了。」

「謝、謝謝妳，阿克婭大人……可是，這杯茶喝了我會全身麻痺耶……」

身影模糊的維茲喝了茶，喘了口氣。

「所以，到底發生什麼事了？妳剛才說有跟蹤狂？」

我坐在店裡的椅子上，再次詢問恢復平靜的維茲。

「沒錯！事情發生在昨天的傍晚……」

──販賣晚餐配菜的熟食店家，會在傍晚清出切剩的蔬菜。

在維茲去那些店家要完菜渣，回魔道具店的路上，事情就發生了。

這間店位處後巷，當然來往的人也不多。

在這樣人煙稀少的巷子裡，一個將兜帽拉得很低的男人堵住了她的去路。

「身穿黑色長袍的那個人沒有揭開拉得很低的兜帽，這麼對我說：『我的名字是迪克，是為了見妳而從遙遠的地方來到這裡……這幾年來，我一直調查妳的事情，滿腦子一直都只有妳』……」

哎呀，看來這下假不了了。

畢竟就連一旁的阿克婭都一臉厭惡地皺起眉頭來了。

「然後那個人又說了：『我只管一心一意地不斷鍛鍊自己。妳知道是為什麼嗎？』……我的回答當然是不知道。於是……！」

大概是她的遭遇相當恐怖吧，維茲猶豫了一拍。

「『當然是為了襲擊妳啊！』就在他如此大喊，準備脫掉長袍的時候，我已經逃離了現場……後來我害怕到不敢回到店裡，便召喚了亡魂，請他們幫我探查跟蹤狂的動向……」

是個超乎預期的真跟蹤狂呢。

雖然是傍晚的後巷，不過沒想到居然會在這個城鎮犯案……

「原來如此，亡魂在鎮上晃來晃去也是出於這個理由啊。真拿妳沒辦法，之後要把妳叫出來的那些亡魂帶回原本的地方喔。」

「又不是野貓野狗，妳就乖乖讓他們升天吧。所以，那個跟蹤狂一直沒有離開這間店附近，因此妳才一直到現在都無法回來是吧。」

我如此做出結論，然而維茲卻搖了搖頭。

「不，我也不知道。我放了許多亡魂到鎮上，但完全聯絡不到他們……不僅如此，大部分的亡魂好像都被那位先生淨化了……」

能夠淨化亡魂的真跟蹤狂……

「犯人是阿克西斯教徒啊。」

「嗯，就連用上吾之透視眼的必要都沒有。」

「你們給我等一下，不要隨便冤枉我們家的那些孩子好嗎！」

阿克婭對我和巴尼爾的推論如此抗議，這時維茲戰戰兢兢地說：

「不好意思……事情就是這樣，能不能請你們幫我想辦法處理呢……？」

對喔，現在面臨危險的是維茲。

「可是，妳也不知道黑長袍的跟蹤狂現在在哪裡對吧？喂，你平常說話那麼囂張，這種時候才應該用你的力量探查一下才對吧。」

「用不著汝說，吾從剛才便在使用透視能力，卻無法看見對方的所在之處。那個傢伙或許不是普通的變態。對方可能強大到足以阻絕吾的透視能力呢。」

強大的變態是怎樣，危險等級瞬間飆升了。

不知道在沉思什麼的巴尼爾突然敲了一下手。

「剩女老闆啊，這種時候應該逆向思考。喜歡汝到這種地步的品味獨特之徒並沒有那麼多。如果對方的條件夠好，就此妥協也不失為一個好方法吧？」

「我、我才不要，他可是第一次見面就突然襲擊我的人耶！還有不准叫我剩女老闆！」

巴尼爾的這種態度，我好像在哪裡看過。

我想起來了，這和我之前想讓達克妮絲結婚退休的時候很像。

就在這個時候。

「維茲小姐在嗎？有您的信——」

「啊，辛苦你了！」

維茲打開店門，郵差便將信遞給了維茲。

這種時候有人寄信來，我怎麼想都只有不祥的預感。

不出所料，接過那封信的維茲確認過內容之後，臉色一沉。

「信八成是跟蹤狂寄來的吧。對那封信使用透視能力的話，或許能夠看到對方的所在之處。調查出來之後，由吾去襲擊那個傢伙如何？」

或許是姑且在擔心室友吧，巴尼爾難得表現出合作的態度。

「巴尼爾先生，謝謝你。不過，這件事我會自己解決。這封信上面說，明天他會在鎮外的荒野等我。」

這時，維茲緊緊握住那封信，帶著心意已決的表情。

「我……這還是第一次有人對我表示好感，我想認真回答對方！」

堅定地如此宣言。

「——總之事情就是這樣，明天維茲會去做個了斷。」

當天晚上。

我在豪宅的大廳吃晚餐，同時說明今天發生的事情。

聽我說完，惠惠和達克妮絲面面相覷，露出微妙的表情。

「跟蹤狂啊。我的自稱競爭對手也稍微有點那種傾向，讓我有點擔心她將來會變成怎樣呢……不過，那種類型的人如果被逼急了會開始自暴自棄喔。那種人一旦生氣就會變得非常可怕，這個我很清楚。」

她是在說芸芸吧。

「話說回來，沒想到偏偏是這個和平的城鎮出現了那種變態……危害善良市民的罪大惡極之徒，簡直太不知羞恥了！」

達克妮絲一面以文雅的動作分切盤子的肉，一面憤怒地這麼說……

「……沒想到會聽見妳開口痛罵變態，太驚人了。」

「你、你說什麼！」

這時，先吃完飯，原本還把爵爾帝放在大腿上餵食的阿克婭忽然開了口：

「這麼說來，維茲說要做個了斷，但是那個已經過慣和平生活的孩子到底想怎麼收拾這件事啊？該不會打算答應對方的告白吧？最近惠惠和達克妮絲都開始見色忘友了，要是連那個孩子都有了男朋友的話，我又要少一個玩伴了。」

「阿克婭，我可沒有見色忘友喔！又不是那個搞夜襲還老是穿著暴露服裝挑逗和真的達克妮絲，我是連接吻的經驗都還沒有的純潔之身！」

「喂……！」

在不純潔的達克妮絲變得淚眼汪汪的同時，我不經意地想了一下。

維茲基本上是個濫好人。

要是對方的態度積極又強勢，她大概無法斷然拒絕，對方說至少先從交個朋友開始的話，她也很有可能就這麼答應了。

老實說，她的可乘之機之多，就和只要有人說交個朋友吧就會輕易跟著人家走的芸芸一樣。

就這麼讓維茲一個人赴約好嗎？

何況也不是沒有維茲對於正值桃花期的我產生好感，最後成為我的後宮一員的可能性。

……不對，不是這樣！

話不是這麼說的吧佐藤和真，搞什麼後宮啊，你不是已經甩掉達克妮絲了嗎？

話說回來，這個和那個是兩碼子事。

維茲是個和我交情不錯的女性朋友，要是就這麼三兩下被某個來路不明的傢伙拐走的話也很沒意思。

既然如此——！

「吶，和真先生，你怎麼一臉壞胚子的表情啊？」

「請說是保護朋友的男子漢的表情。」

3

隔天早上。

在店前監視的我看見維茲的服裝，瞪大了眼睛。

今天的維茲，走的是沉穩的成熟女性風格。

或許是因為我只看過她穿土裡土氣的長袍和圍裙，又或許是因為我身邊的人都很孩子氣，這讓我感到非常新鮮。

「喂和真，現在不是讓你起色心的時候吧。快點使用潛伏技能。」

聽到達克妮絲這麼說才赫然回神的我連忙發動技能。

消除了氣息的我們，偷偷跟在往鎮外走去的維茲身後。

「吶和真，我有種變成跟蹤狂的感覺耶。該不會在解決了維茲的問題之後，輪到我們變成第二個、第三個跟蹤狂吧？」

「喂，別亂說話。這不是跟蹤，只是擔心朋友碰上危險而從遠方監視罷了。」

「這就叫作跟蹤。」

我沒有回應阿克婭和惠惠的吐嘈，繼續追蹤。

最後，正如維茲昨天所說，來到鎮外之後，遼闊的荒野中央有個黑色的人影。

那個傢伙身邊沒有任何供我們躲藏的障礙物。

要是靠得更近，恐怕會讓維茲和跟蹤狂發現我們。

話雖如此，離得這麼遠也聽不到兩人的對話。

於是我發動千里眼技能和讀脣術技能，讀取他們的對話。

『看來那封信妳看過了。虧妳願意回應我的邀請。』

『……聽你說過那種話之後又接到那種邀請，我總不能不來吧……』

很好很好，看來在這個距離也能夠讀出他們兩個的對話。

『真是漫長啊……我一直在找妳，聽說妳在這個城鎮經營魔道具店的時候，我還懷疑自己聽錯了呢。不過，我總算像這樣見到妳了。從遠方千里迢迢，花了這麼長的時間來到這裡終究值得了。』

『你、你遠道而來，就只是為了見我嗎……』

聽兜帽男說得如此沉重，表情僵硬的維茲也跟著回應。

正當我專注在他們兩個的對話之中時，有人用力拉了拉我的衣服。

「和真先生和真先生，不要只顧著自己聽，也為我們口譯一下啦。他們兩個說了什麼？」

「這只是用讀脣術技能讀到的內容，所以是我的意譯……看來，那個男人為了向維茲告白，是從遠得要命的地方來到這裡呢。」

「「「咦！」」」

沒有理會驚訝的三人，我再次發動技能。

『妳已經知道我把妳叫到這裡來的理由是什麼了吧？正如先前見面的時候告訴妳的……我滿腦子只想著妳，只管一心一意地不斷鍛鍊這身本領！』

『你、你說這種話也太突然了吧！而且我是第一次有這種經驗，不知道該怎麼回答你才好！何況不僅在光天化日下，甚至還是在街上打算突然做出那種行為，我認為不太妥當！』

突如其來的熱烈示好，讓維茲困惑到羞紅了臉。

「喂和真，維茲怎麼臉紅了，對方到底說了什麼？」

「他說我只想著妳、我為了妳努力到不行，在展現自己有多強。看來是一心以為女人都喜歡強壯男人的那種類型。」

「明明幾乎是初次見面，竟然如此熱情！」

在達克妮絲興奮到臉色發紅的同時，那個男人似乎也越說越起勁了，即使隔了這麼遠也稍微聽得到他的聲音。

『的確，現在想來在街上採取那種行動確實太衝動了。雖然我姑且挑了沒有人會看見的後巷……』

『並不是沒有人看見就沒關係！那種事情，應該要在我們對彼此更熟悉之後，多花點時間再說……』

竟有此事，那個傢伙不是普通的變態，而是一條鐵錚錚的漢子。

比起面對達克妮絲和惠惠投懷送抱還是臨陣退縮的我簡直天差地遠。

不過，我也不想變成那樣就是了。

『……原來如此。的確，只有我單方面知道妳的底細確實是很卑鄙。既然如此，我也必須說出自己的底細嘍……』

『就、就是說啊，我現在知道的還只有你的名字而已……』

長袍男煩惱了起來，將拉得很低的兜帽掀開。

出現在兜帽底下的，是一個被誤認為女性也不足為奇的，長相中性化的型男。

維茲本人似乎沒有預料到對方會如此貌美，臉色微微泛紅。

『我的名字是迪克。擅長的上級魔法是火焰系。和擅長冰凍系魔法的妳，算是正好相反吧。』

『連、連我們的屬性不合你也不打算隱瞞啊。誠實這一點是讓人很有好感沒錯……不過，你連這種事情都調查了……』

言詞立刻就暴露出跟蹤狂特質這點還是讓維茲有點退縮。

然而，迪克引以為傲似的放聲大笑。

『那當然了！我也知道妳還是人類的時候，人人都叫妳冰之魔女！』

『請、請等一下！你知道我不是人類嗎！』

對於迪克出乎意料的發言，不只維茲本人，就連旁觀的我也愣住了。

「吶和真，你從剛才開始就沒有繼續口譯了耶！維茲好像嚇了一跳，對方到底說了什麼啊！」

等不及的阿克婭抓住我用力搖晃。

「那個傢伙連維茲的巫妖身分，還有她擅長的魔法都知道。調查力簡直高到誇張，可見他有多麼認真。」

「那個傢伙不是普通的跟蹤狂啊……！根本是非比尋常的變態！」

「我甚至覺得叫維茲去避難後用爆裂魔法轟掉那個傢伙才是為世為人謀福利的做法！」

也不知道我們如此驚愕，迪克勢不可擋地說：

『只要是有關於妳的事情我都知道！換言之，我可以說是這個世界上最了解妳的人！好了，妳要我把自己的底細告訴妳對吧！那麼我們繼續說下去吧！』

『請請請、請等一下！你先不要這麼激動，我還沒有做好心理準備！也、也就是說，你明知道我是不死者，還是毫不畏懼，像這樣來到這裡找我嗎？』

面對迪克的激烈攻勢，招架不住的維茲不住後退。

『妳瞧不起我嗎！不過是巫妖，不足為懼！』

『竟、竟有此事……！既、既然你都說成這樣了……』

怎麼會這樣，那個傢伙居然抓住這個機會，展現出男子氣概來了！

「喂不妙啊，他讓維茲心動了！那個傢伙說出類似我不介意你是不死者的話來了！他說他不怕巫妖！」

聽到這裡，達克妮絲整個人開始不住顫抖。

「不死者之王原本應該是受人忌避的身分，他卻表示無所謂嗎……！這是真愛啊！怎、怎麼辦啊和真，我忍不住想為那個男人加油了……！」

或許是因為變態會吸引變態吧，達克妮絲開始變得莫名地明理。

「妳在說什麼傻話啊！不死者也無所謂，這是對神宣戰的褻瀆發言啊！的確，維茲冰冰涼涼的，夏天抱著睡很舒服，但儘管如此，那個孩子還是會動的屍體啊！那個傢伙居然有戀屍癖，簡直變態到無以復加了！」

「是、是啦，會動的屍體這種形容確實沒有錯……不過阿克婭，妳可別在她本人面前那麼說喔，維茲會哭的……」

沒有理會吵鬧的同伴們，緊張到手汗直冒的我繼續觀察狀況。

『好了，已經夠了吧！冰之魔女啊，和我一決勝負吧！』

『咦咦！事、事情為什麼會變成這樣！』

嗯？

『妳問為什麼？那還用說嗎！當然是為了對妳展現我的力量，讓妳辭去現在的工作！』

『咦咦咦咦咦咦！』

我的天啊。

「吶和真，快點口譯啊！他說了什麼？他說了什麼！」

我對著用力搖晃我的阿克婭，以沉重的語氣開了口：

「那個傢伙竟然挑戰維茲。而且還說如果他贏了就要維茲辭去現在的工作。」

聽見這句話，達克妮絲顯得更為震驚。

「說到維茲的工作，其中一項是魔道具店的老闆。然後……我記得她以前也曾經接受房仲老闆委託的驅除不死怪物任務，或是定期去公墓引導亡魂們升天，做過諸如此類的工作對吧！」

「他的意思是，不希望喜歡的人從事危險的工作嗎！不過，那些工作現在已經由阿克婭接手，維茲已經不負責管理墓地了，看來他並不知道這件事。可是，這就表示……」

沒錯，如果要意譯這番發言的話……

『你你、你是叫我……走入家庭嗎……！』

就是這麼回事吧。

我會保護妳，所以不要做那些危險的事情了，走入家庭吧。

好熱情的告白啊。

原來那個傢伙是正港的男子漢。

我開始對於因為一時的情緒而打算阻撓他的自己感到羞恥了。

『妳的工作有我接手！那麼我要出招了！我……』

迪克吶喊到一半，同時伸手拉住自己的斗篷。

接著，在他打算脫掉斗篷的同時，滿臉通紅的維茲詠唱了魔法。

「『Teleport』——！」

就在我們還因為那過於熱情的求婚而一臉茫然地僵在原地的時候。

或許對於沒有談過戀愛的人而言突然面對這種狀況的難度太高了吧，看似已經承受不了的維茲使用了瞬間移動魔法，消失得無影無蹤——

4

「維茲今天也沒有回來。我少了一個可以去玩的地方，現在很無聊。」

維茲銷聲匿跡之後已經過了三天。

目前還是有人在鎮上看到那個男人，所以看來他還沒放棄。

「對於沒有談過戀愛的人而言，突然要面對求婚未免也太高難度了吧。戀愛之道相當艱困。就連像我這種程度的情聖也還未能專精。」

「你這個傢伙，不要因為最近比較有女人緣一點就跩起來了，明明就是個尼特處男。」

阿克婭說出這種瞧不起我的話，不過已經轉職為現充的我並不會因為這種小事就生氣。

「我今天會在外面吃，所以不用煮我的晚餐。大概會直接在外面過夜吧。」

「你不時就會像這樣在外面過夜，是上哪去了啊？如果是去喝酒，也帶我一起去吧。」

看見換了衣服站在門口的我，阿克婭一副按捺不住的樣子，以充滿期待的眼神看著我。

「我們都是一群男人一起喝所以不能帶妳去。我給妳零用錢就是了，妳用這些錢買酒回來和大家一起喝吧。」

「和真先生好帥！那我就留下來看家了！」

阿克婭接過我給她的零用錢，雀躍不已。

說要去喝酒是真的，不過我今天還有別的事情要做。

不如說那件事情才是我原本的目的，要是讓這個傢伙跟來我就無法達成目的了。

至於我原本的目的，該怎麼說呢，就是那檔事。

就算和惠惠的關係變得再怎麼好，還是無法解決這方面的問題。

不對，不如說藉此讓自己不會在事到臨頭的時候過於猴急才是紳士的禮儀。

在阿克婭的目送之下，我前往傍晚的鬧區——

「——喂和真，你是怎麼了？怎麼從剛才開始就一直看著那個傢伙，你認識他嗎？」

這裡是我不算常來，但偶爾會上門的小酒吧，金髮的小混混冒險者達斯特眼尖地發現了我，並且這麼問。

「不，也不算認識啦……」

平常在外面過夜的時候，在夢魔小姐們開始活動的深夜時間之前，我都在這種店和男性朋友們一起打發時間，這是我們的．貫行程。

不過……

「嗨，你好像不太面熟啊，型男老兄。我叫達斯特。在這個鎮上還算挺吃得開的。」

「……這個男人突然說這種話是什麼意思？你找我有事嗎？」

知道對方不是我認識的人，小混混立刻纏上那個男人。

「我都報上名字了，你也該說出自己的名字吧。懂不懂禮儀啊？啊？」

「…………我的名字是迪克。我再問一次，你找我有事嗎？」

那個男人就是向維茲求婚的兜帽男。

我原本在想要不要阻止達斯特，不過我記得那個叫什麼迪克的男人說過自己連上級魔法都會用。

既然如此他想必也是個等級很高的冒險者，應該不需要我救他才對。

至於這個小混混碰到多慘的遭遇都是自作自受。

「你看起來不太面熟，是新來的冒險者嗎？剛才也說過，我在這個城鎮還算挺吃得開的，現在請我喝一杯之後對你會有幫助喔。」

「喔，你想敲我一頓是吧？……原來如此，來這趟人世值得了。畢竟如此有趣的經驗可不是經常碰得上。」

說完，迪克站了起來，散發出強烈的壓力。

沒錯，再怎麼說他也是打算挑戰維茲的男子漢，總是喝得爛醉如泥的小混混大概對付不了他。

而面對這樣的迪克，金髮小混混對他伸出一隻手，不以為意地笑了。

「呵，你及格了。沒錯，冒險者就是應該這樣。幹我們這一行的，要是被人瞧不起就完了。我看到新人就會像這樣搭話，試探他們的反應。如果是乖乖付錢的膽小鬼，我就會說他不適合當冒險者，勸他回老家。但如果是像你這種有骨氣的傢伙，我就會請他喝一杯。」

「……這樣啊。你的行為相當有趣呢。」

聽他這麼說，迪克投以興致勃勃的眼神，再次坐下。

金髮魯蛇向店員點了迪克的酒之後，留下一句回頭見之後就離開現場。

最後他帶著氣定神閒的態度來到我身邊……

「喂和真，那個傢伙是怎樣！對方那麼危險的話你一開始就該告訴我吧！害我還得請他喝一杯！」

「你、你這個傢伙……話說回來，你覺得那個傢伙有多強啊？」

這個男人的生活態度和個性已經沒救了，不過單論身為冒險者的功夫，在這個城鎮也算是相當了得。

能夠請他判斷出迪克有多強的話，也能夠讓維茲安心……

「那個傢伙相當不妙。在我至今遇見過的對手當中也是特別突出的。說起來應該是懸有重賞的怪物或是魔王軍的幹部那種等級吧？」

「換句話說……他的力量足以與我匹敵嘍。」

我的天啊，這樣就算維茲再怎麼厲害也很危險吧？

我留下注視著我，一臉有話想說的樣子的達斯特，決定接近迪克——

「——嗨，可以打擾一下嗎？我叫佐藤。就是人稱這個城鎮最強冒險者的佐藤和真。」

「又來了一個怪人……佐藤？你是佐藤和真？那個佐藤和真嗎！」

我的名字已經如此廣為人知了啊。

這也難怪，現在連報紙都會報導我了，像這種強者會留意我也是無可奈何的事情。

我裝出氣定神閒的笑容。

「沒錯，就是那個佐藤和真。打倒眾多懸有重賞的怪物以及魔王軍幹部……」

「就是那個每次都只會對同伴下達指示，本人的實力並沒有多強的佐藤和真嗎！就是那個連狗頭人都打不贏的佐藤和真對吧！」

……………

正當我帶著有點想哭的眼神默不作聲的時候，迪克興致勃勃地看著我。

「原來如此，確實和傳聞中的一樣。你身上不斷散發出小嘍囉的臭味。我聽說魔王軍的幹部們由於一個原本是尼特的男人做出的指示接二連三地被打倒，不過看來應該是搞錯什麼了吧……」

「哎呀，你這是在找我吵架吧。」

我斯文又友善地接近他，結果這個傢伙倒是大放厥詞起來了！

「嗯……我來到這個城鎮，是為了挑戰某個女人……不過也對，我原本想等那件事情解決之後再說，但仔細一想等到那個時候也沒有意義。乾脆趁現在順手獵殺你好了。」

「說得好像既然都出來買晚餐的材料了順便買這個好了似的，不要說得那麼輕鬆好嗎？怎樣啦你想打架嗎？我可比你認為的還要強喔。我能夠打倒那堆強敵並非平白無故！還有，我背後有大貴族達斯堤尼斯家在撐腰，隨便和我起衝突的話你會後悔喔！而且我有一大堆很強的朋友！」

為了不被瞧不起，我如此嚴正警告迪克。

後半部分開始有點畏縮，絕對不是因為說到一半迪克開始眯起眼睛害我嚇到。

「……算了。我現在有個必須將優先順位擺在你之前的對象。今天就先放你一馬吧。」

「我、我可是該動手的時候就會動手的男人喔！大家都知道我是認真起來很厲害的和真

先生！不過，我就明天之後再認真好了！」

好，該說的都說完了。

總覺得好像有點像是魯蛇落跑的時候在撂狠話的樣子，不過這樣我就可以堅稱自己身為一個冒險者並沒有被對方瞧不起了。

話說回來，我差點就得跟他打一場了呢。

這麼說來，在我上報的時候，才有認識的冒險者叫我小心出名之後會被盯上。

真是好險啊，或許已經有點太遲了，不過今後還是稍微活得低調一點好了。

「那麼，今天先就此……」

後半的「饒過你吧」還沒說完，我忽然想了起來。

……不對啊，不是這樣，我差點忘記原本的目的了。

「吶，你剛才說必須優先的對象指的是維茲吧？」

聽見我這句話之後，迪克的反應之快。

也不知道是哪時拔出來的，他拿著一把刀身漆黑的小刀抵著我的咽喉，瞇起的眼睛也極為銳利。

「你這個傢伙為什麼知道這件事？你和維茲是什麼關係？」

「冷冷冷冷、冷靜一點，請你冷靜一點！我和她只是普通朋友！身為朋友的我要是死掉了，維茲也會很難過！」

我以拔高的聲音拚命勸阻突然變了一個人的迪克。

「……我不知道你對維茲的了解有多少，不過你還是不要太深入那個女人比較好。你這種小嘍囉不應該在她身邊亂晃。」

迪克這麼表示，緩緩收起小刀。

不過提一下名字就這樣威脅我，這個傢伙未免也太沒耐性了吧，到底有多喜歡維茲啊。

「我知道你的目標是維茲。不但知道，我還很支持你。」

「你說什麼？」

迪克似乎沒想到我會這麼說，瞪大了眼睛僵在那裡。

「……你不是維茲的朋友嗎？」

「就因為我是她的朋友。我認為維茲現在的工作不適合她。而且……」

我壓低聲音。

「就算是巫妖，應該也有得到幸福的權利才對。我覺得維茲應該退休，過著幸福的下半輩子。」

「…………你這個傢伙，明知道維茲是巫妖還和她來往啊。看來，我必須改變一下對你的認知才行了。」

迪克對我說出這番意有所指的話語，同時表情也顯得比較沒有那麼警戒了。

沒錯，這個熱血的男子漢，值得將維茲託付給他。

老實說，我當然不想看見女生朋友嫁給別的男人。

不過雖然看不出來，維茲應該也一大把年紀了。

我認為她該定下來了。

「你說的完全正確。我也認為那個女人現在的工作不適合她。號稱冰之魔女的那個時候姑且不論，以現在這個窩囊的狀態實在不行。」

「我也聽說過以前的維茲是個聲名遠播的冒險者。如果是那個時候，確實可能會表現得更好一點吧……」

沒錯，如果是現役冒險者時代的維茲，一定可以更貼近冒險者的心情，進些更恰當的，可以在任務當中派上用場的商品吧。

然而，現在的她卻是個連巴尼爾都感到頭疼的廢柴。

「不過，你還是別挑戰維茲吧。用正常的溝通方式請她辭掉現在的工作不就好了？」

「……？你在說什麼啊，這樣還有什麼意義。為了繼承那個女人的工作，我必須展現自己的力量才行。」

迪克大概是以為維茲還在做除靈之類的危險工作，所以才這麼說吧。

的確，如果要接手除靈工作的話，確實是必須讓周圍的人知道自己有多強。

告訴他維茲現在已經沒有在做那種工作了，這倒是很簡單，但他擔心維茲到這種地步，由我告訴他這種事情好像也不太對。

而且要讓維茲走入家庭的話，就表示他可能也打算繼續經營魔道具店吧。

「我有一件事情想問你，就是……維茲的工作你打算全部接手對吧？」

「那是當然，沒有人比我更適合做那個工作了！還有，我一定要打破這個瀕臨破局的現狀！」

這個傢伙未免也太有自信了吧。

面對有千里眼惡魔巴尼爾在依然陷入破產危機的那間店，他還是如此充滿自信地宣稱要重建經營，真是個男子漢啊。

……等一下喔。

「喂，你要達到目的還有個最大的障礙。就是巴尼爾。你對維茲那麼了解的話，應該也知道那個傢伙的存在吧。如果只是要維茲辭去工作也就算了，你想要接著坐上她的位子，我想他應該不會默不作聲才對。」

沒錯，巴尼爾的目的是要做大維茲魔道具店賺大錢，請維茲替他打造專用的巨大地城。維茲要嫁人他或許會樂意推薦，但對方想當新老闆的話，他真的會有好臉色嗎？

那位個性扭曲的大惡魔怎麼可能乖乖坐視不管。

「唔，巴尼爾大人是吧……那位大人確實相當棘手。不過，這是我和維茲的問題。即使得面對巴尼爾大人，我也不能退縮！」

聽了迪克的這番話，我感受到前所未有的強烈衝擊。

這個傢伙竟是如此雄偉的男子漢。

就連我也完全不想對付那個開外掛的惡魔。

換句話說，他就是那麼重視維茲……

「話雖如此，那個傢伙肯定會阻撓你。不過……」

既然如此，我也該有所覺悟了。

我把酒杯遞到迪克的視線前方，示意要和他乾杯。

「我並不討厭像你這樣的傢伙。」

並且對這個面對巴尼爾也不打算後退的，男子漢中的男子漢笑了一下。

5

「事情就是這樣，我決定支持那個傢伙了。」

「你在說什麼我聽不太懂。」

隔天早上。

一大早就回到豪宅來的我和大家一起吃早餐，同時報告迪克的事情。

「我是說，那個叫迪克的傢伙雖然頑固，但我覺得他說不定也是個充滿男子氣概的好人。」

最近老是在想後宮啊什麼的，被惠惠和達克妮絲兩個人百般呵護，灌盡迷湯的我，接觸到迪克直率的心意只覺得頓時驚醒了。

明明和惠惠越走越近，一旦被達克妮絲稍微挑逗一下又會輕易受到影響。

驀然回首，才發現我最近的行動差勁到連自己都覺得不太妥當。

相較於為了維茲不惜拋棄一切的迪克，我們的定位正好處於兩個極端。

同樣身為男人，我不禁想為他的真心加油。

不僅如此，我更想努力贏回純潔又真誠的和真先生這個評價。

「……這個嘛，站在我的立場，和真身邊的女性朋友找到情人是值得歡迎的事情，你想這麼做我是無所謂啦……」

「呵，稱我為『人家的男人』卻還是如此擔心嗎？真拿妳沒辦法，可愛的小傢伙。」

「我不知道你想幹嘛，不過這樣有點噁心，你還是放棄這個路線吧……」

這時，正拿著叉子和荷包蛋格鬥的阿克婭，對著兀自不住點頭的我說：

「我說你啊，維茲被那種來路不明的男人帶走你真的無所謂嗎？以和真的個性，反正只有惠惠和達克妮絲一定還不滿足，感覺就很想說維茲和芸芸和愛麗絲和艾莉絲和克莉絲和米米全部都是我的女人之類的話。」

「妳到底把我當成怎樣的……不對喔等一下，最後一個太奇怪了吧。就算是我，對於不可以跨越的界線也掌握得非常清楚，而且無論幾次我都要說，我不是蘿莉控！」

應該說我覺得把我說成蘿莉真的誹謗中傷，主要都是這個傢伙放出去的吧。

我決定趁現在好好警告她一下，正準備站起來的時候。

紅著臉的達克妮絲突然用力拍了一下桌子，站了起來。

「我對你刮目相看了，和真！沒錯，那個男人的愛是非常高尚的情操！即使對方是巫妖也毫不在意，專情到某個會輸給誘惑的男人根本沒得比……！」

「喂，會輸給誘惑的男人是在說我嗎？誘惑我的人沒資格說吧？」

沒有理會我的發言，亢奮的達克妮絲紅著臉大聲疾呼：

「和真，我也協助你！簡單來說，只要在巴尼爾試圖阻撓他們的時候，阻止他就可以了對吧？該先從什麼著手？你說吧，儘管吩咐！」

說完，她以充滿期待的晶亮眼神看著我。

不，她願意協助我是很感激啦……

「你們兩位都先冷靜一點。現在應該先從確認他們雙方的感覺做起才對吧？對方追求得那麼積極，除非是像我這種精通戀愛的成熟女性，否則只會不知所措吧。應該說，不先把行蹤成謎的維茲找出來根本沒戲唱。」

「你哪時變成精通戀愛的成熟女性了啊，小不點？要像我這樣從容不迫，才可以稱得上是成熟男人。」

說完，我用鼻子哼笑了一下，於是塞了滿嘴火腿的惠惠便一口吞下嘴裡的東西。

「……那麼，今晚我就讓你見識一下我身為成熟女性的一面如何？晚上我去你房間找你玩。」

她帶著像是在說你想做什麼我全都知道的表情，輕輕露出蠱惑人心的笑容。

「不，今天不用來這套。我沒有那個心情。因為我昨天才剛見到貨真價實的男子漢。短

時間內我不會再隨波逐流，也不會受到妳們不成氣候的女人味所誘惑。」

「咦！」

或許是非常有自信吧，惠惠聽見我的回答怪叫了一聲。

「怎麼了？妳覺得我是個隨時都在發情的輕浮男人嗎？」

「不、不是啦……只是我們最近這麼親密，我還以為你會就此上鉤呢……」

這時阿克婭貼到困惑的惠惠耳邊輕聲表示：

「妳對現在的和真說什麼都是白費唇舌。他今天玩到早上才回來對吧？妳聽我說，他像這樣在外面過夜的時候……」

「阿克婭，我昨天給妳的零用錢呢？已經用掉了嗎？酒好喝嗎？」

我牽起打算多嘴告狀的阿克婭的手，準備帶她到外面去……

「酒很好喝啊，不過你這隻手是要幹嘛？啊，我的甜點還沒吃完，你要帶我去哪裡啊！放手！放手！吶惠惠、達克妮絲，其實啊，這個鎮上有夢……」

「好，我今天也給妳零用錢就是了，跟我過來一下！我有重要的事情要跟妳說！」

第四章

為男子漢獻上女神的聲援！

1

這天從早上就開始下雨。

不過阿克婭一點也不在意這場雨，興高采烈地在庭院裡努力從事農務。

撐著傘的惠惠站在阿克婭身旁，似乎在指導她。

「吶和真，你也勸她們兩個幾句吧。務農這種事小看不得。每年松茸農家和竹筍農家都會傳出慘案喔。」

隔著窗戶望著這樣的兩人，達克妮絲一臉傷腦筋地如此力訴。

「我也知道農家有多辛苦。畢竟在我的故鄉也是，碰上颱風的時候偶爾就會傳出農家有人失蹤。不過那兩個傢伙不聽人家勸的，我也沒辦法啊。」

「你的故鄉也是啊。畢竟蔬菜在颱風天會特別興奮，靜不下來……」

我說的是農家會在颱風來的時候，因為擔心灌溉渠道和田地跑去巡視結果遭逢不幸，看

來我們兩個的常識有點落差。

「和真，你看！田裡這麼快就冒出芽來了！」

也許是因為身為水之女神吧，即使被雨水拍打還是興致高昂的阿克婭如此吶喊。

「秋刀魚的眼睛也冒出來了喔。雖然有點噁心，不過還是趁現在來看一下吧。」

就連惠惠也說出這種話來……

「吶達克妮絲，妳不覺得在海裡捕撈西瓜，在田裡收成秋刀魚好像怪怪的嗎？」

「為什麼會怪怪的？你偶爾會問一些奇怪的問題呢。」

正當我因為自己和異世界人之間的落差而受到許久未見的文化衝擊時，有人敲了大門。

我出去迎接訪客，出現在門口的是看起來相當慌張的布偶裝不停拍打著他的小翅膀。

這個傢伙怎麼知道這裡的、他到底是來幹嘛的，在我想到這些問題之前，正在從事農務的阿克婭似乎發現了布偶裝。

「啊——！」

「吱嘰——！」

聽見阿克婭大喊，布偶裝發出有如鳥叫聲的尖叫。

「我都警告過你不要在外面被我遇到否則就等著被淨化了，你還真有種啊！那個古怪惡魔也不在，我就在這裡送你歸天吧！」

「等一下！我來這裡是有原因的！其實是巴尼爾大人和老闆小姐……」

——在下個不停的雨中，我們來到魔道具店。

「維茲，妳回來了啊！大家都很擔心……」

「巴尼爾先生是笨蛋！你這種一點都不貼心的缺點從以前到現在一點都沒有變！」

「汝這個魯鈍老闆跟惡魔講什麼貼不貼心啊！還以為汝到哪裡晃盪去，這下又被情愛沖昏頭，那麼想嫁人的話趕快嫁人不就得了！」

結果才一開門，就因為看見兩個人正在大吵特吵而僵在原地。

「你是認真的嗎！我就這樣嫁人真的可以嗎！既然對方要我走入家庭，所以必須離開這家店才行喔！經營者會換人喔！對於惡魔而言契約是絕對的吧？你和我的契約是要一起做大這間店，那這個契約要怎麼辦！」

或許是冒雨回來的吧，維茲全身上下都帶著濕氣，淚眼汪汪地逼問巴尼爾。

至於與之對峙的巴尼爾，則是相當體貼地在假造的身體的太陽穴上擠出青筋，再加以反駁。

「若是剩女老闆出嫁，老闆換人的那一刻到來，吾就和比較有用的新老闆一起做大這間店，確實籌措出建設地城的費用！所以汝就放心嫁人去吧，放閃老闆！」

「咿———！」

看著眼眶泛淚的維茲撲向巴尼爾，我問了身旁的布偶裝：

「這是怎樣？」

「巴尼爾大人和老闆小姐從剛才開始就一直是這樣。原本還想說老闆小姐終於回來了，但是問她什麼事情都有點心不在焉的樣子，於是巴尼爾大人就生氣了。憑我沒有辦法阻止他們兩位，所以才去找少年你求救。」

我原本想說不要因為這種事情就跑去叫我，不過維茲回來了就好。

這時，眉毛倒豎的阿克婭擠進開始扭打的兩人之間。

「我說維茲，妳到底上哪去亂晃了啊！害得大家這麼擔心，妳還是先乖乖道歉吧！」

「阿克婭，他們現在好像很忙，不要再把事情弄得更複雜了，和我一起去角落待著吧。」

惠惠拖著不識相的阿克婭，把她帶到店內的一角去。

在這段時間內，達克妮絲為了問清來龍去脈而開了口：

「話說回來，你們兩個吵架的原因到底是什麼？沒看到絕雷西爾特伯爵如此困惑嗎？」

淚眼汪汪的維茲巴著這麼說的達克妮絲哭訴：

「達克妮絲小姐，妳聽我說！其實這幾天我一直窩在位於世界盡頭的號稱最深的巨大地城裡面，一邊狩獵怪物一邊不斷煩惱。」

正當我因為這種武鬥派的繭居行為而有點退縮的時候，維茲從店裡的花瓶中抽出一朵花，忸忸怩怩地把玩了起來。

「那位先生……那位突然現身，表示願意接受我的一切的迪克先生……他到底是為什麼會那麼熱情地追求我呢……」

哎呀，這是在放閃嗎？

巴尼爾一臉厭煩的樣子，但維茲並沒有察覺到他的反應，繼續說了下去：

「畢竟，我可是巫妖耶。然而，他卻說『即使是這樣我也不介意，妳變成不死者還是一樣美麗，我就是喜歡這樣的妳……』」

「那個時候我從遠方用讀唇術技能看了你們的對話，他並沒有說這種話喔。」

隨便忽略過我的吐槽，維茲繼續把玩著手上的花說：

「而且，我們才剛見面他就突然說想和我共組家庭……不僅如此，他還說『楚楚動人的妳不適合做危險的工作，今後我會保護妳……』」

「他沒這麼說。」

迪克沒有說到這種程度。

「和真先生，我現在在說很重要的事情，請你保持安靜……他突然這樣向我求婚，可是

我有和巴尼爾先生的約定，還有這間店要顧。啊啊，我到底該怎麼辦才好……」

說著，維茲不時向旁邊偷瞄，而被她這樣的視線搞得很煩的巴尼爾揚起嘴角。

「在這個傢伙回到店裡來之後，從剛才開始就一直是這樣。也沒有什麼怎麼辦的，如果想繼續當老闆，就趕快補足這幾天不在的工作量，如果想嫁人那就真的是隨汝高興了，吾只不過是這樣告訴這個傢伙，不知為何這個傢伙便突然開始生氣……」

「你就不能更設身處地地為我著想一下嗎！我和巴尼爾先生之間的關係有這麼淺薄嗎！我們不是要為彼此實現願望的搭檔嗎！」

聽見她提到搭檔這兩個字，巴尼爾露出真心感到厭惡的表情。

「對於惡魔而言，契約是絕對的……不過即使是吾，對於汝最近的廢柴表現也感到有些心靈受挫了……最近吾日夜絞盡腦汁，思考著能否設法以鑑賞期條款處理汝的契約……」

「休想得逞，我不會讓你取消契約！就算我再怎麼廢，也知道現在少了巴尼爾先生就沒有這間店了。可、可是你想想，世界最大的地城肯定只有我有能力打造喔。這樣真的可以嗎巴尼爾先生，少了我你就只能放棄在難以攻略的最棒地城的深處迎戰冒險者的夢想了喔！」

維茲緊緊抓著巴尼爾拚命說服他。

而阿克婭對這樣的維茲說了：

「所以，維茲要和那個人交往嗎？還是說他不是妳喜歡的類型？」

聽見她這麼說的維茲不住偷瞄巴尼爾，同時又開始把玩手上的花。

「論外貌我覺得他不算差，熱情也算是一大優點……不過妳知道，我有為巴尼爾先生實現夢想的義務。」

「對吾而言，老闆不是汝也無所謂，只要能存到錢，到時候汝再為吾打造地城就好。」

「巴尼爾先生是傲嬌嗎！嬌羞的部分未免也太少了吧，你就不能對我更有興趣一點嗎！我們都已經相處這麼久了耶，這樣真的可以嗎，我和那位先生在一起就會離開你喔！」

大概是氣到不小心用出「Drain Touch」了吧，她手上的花開始逐漸枯萎。

「對沒有性別的吾談什麼傲嬌吾也不知該做何反應……知道了知道了，吾這次多加把勁幫汝透視就是了。如果透視成功之後發現對方是非常糟糕的對象，吾就幫汝趕跑對方。這樣總可以了吧？」

看見嫌麻煩的巴尼爾，我忽然發現維持現狀對於迪克或許還比較好。

沒錯，我原本以為最大的難關是不希望這間店的經營權被迪克搶走的巴尼爾，但對這個傢伙而言，老闆換人當好像也無所謂。

這種冷淡的想法確實很有惡魔風範，不過這下最大的障礙突然就消失了。

……不對，等一下喔，要是就這樣讓他透視迪克的底細，難保他不會借題發揮。

正當我在猶豫要不要阻止巴尼爾的時候，巴尼爾的眼睛閃現異樣的光芒……

「喔喔……看見了，吾看見了。仰慕汝的那個男人，正勤奮地在這個鎮上收集汝的情報呢。」

這句話讓維茲露出一臉相當受用的模樣，嘴角不禁微微上揚。

「……嗯嗯？這、這是，竟有此事……！了不起，太了不起了！吾正想說這個傢伙怎麼會如此難以透視，原來是這麼回事啊！」

「怎、怎麼了巴尼爾先生，到底是什麼事情那麼了不起啊？應該說巴尼爾先生會這麼用力稱讚人也太稀奇了吧！」

正當維茲因為巴尼爾的態度大變而感到狐疑時，自稱千里眼大惡魔的他喜不自勝地說：

「千里眼惡魔在此宣言！當汝回應那個男人的心意之時，能夠享受前所未有的至上歡喜及幸福之人將隨之誕生！」

2

離開魔道具店回家的路上。

「話說回來，沒想到那個巴尼爾會那麼乾脆地接受他呢。不愧是我認證過的男子漢。」

回想著剛才的狀況，我喃喃自語。

「這個男人為什麼變得這麼挺那個跟蹤狂啊……也罷，對方確實和那個稍微一不注意就會和其他女冒險者玩在一起，或是有人在浴室發動攻勢就會一邊搪塞一邊隨波逐流的某人不同，我承認他是很專情……」

惠惠看著我，一臉有話想說的樣子。

「是啊。而且他也和那個某人不一樣，看起來會非常呵護一起廝守終身的伴侶。不、不過，老是三心二意的男人也很有標準渣男的樣子，我並不討厭就是了……」

達克妮絲也看著我，同樣一臉有話想說的樣子……

「怎樣啦，浴室那件事算我不對可以了吧！可是我要稍微辯解一下，妳們兩個也有不對好不好！惠惠老是一副讓我以為有機會的態度卻不肯跨越最後一道界線，達克妮絲也是空有性感的肉體，誘惑我的時候卻只會做半套不敢衝到最後……」

「這個男人開始用最爛的方式翻臉了！」

「最近這一陣子的你真的是越來越接近我以前理想中的喜好類型了呢……」

在我被她們兩個責罵的時候，踱步走在最後面的阿克婭忽然冒出一句：

「我不接受。」

聽見她這麼說，我轉過頭去。

「我不接受那個來路不明的人！你們不覺得這樣很奇怪嗎，對象是那個維茲耶，為什麼那個人可以愛她愛成那個樣子？那個男人肯定在想什麼不好的事情！沒錯，這是女神的直覺！那個男人肯定不是喜歡維茲！」

我對突然固執地如此堅稱的阿克婭說：

「妳只是不想少一個會陪妳喝茶的朋友吧。」

「是沒錯啦！可是該怎麼說呢，我有一點點不祥的預感！我也說不上來，但總覺得最後的結局會讓我很討厭的人很開心……！」

原來如此，我一點也不懂。

「就算妳這麼說，現在連維茲都有一點心動了，我們還出言阻止只是不識趣吧。如果希望她可以得到幸福，這種時候應該靜觀其變才對……」

聽惠惠這麼說，阿克婭扁著嘴默不作聲。

——在巴尼爾為迪克背書之後。

維茲先是嚴重糾結了一陣子，最後說會積極考慮這件事，便回去工作了。

既然如此，接下來就是當事人之間的問題了，無關的我們不應該插嘴。

然而……

「……我要測試那個男人。」

阿克婭露出心裡帶著堅定決心的眼神這麼說。

「是要怎麼測試他啊？妳到底想怎樣？」

我不禁這麼追問，阿克婭便露出頗有自信的表情說：

「我要確認那個人是否真的是專情又認真的男子漢。沒錯，就是倒追。我要用倒追這招來測試他。」

……啊？

「妳、妳是認真的嗎？連戀愛的戀都不知道怎麼寫的妳，真的以為可以讓那個男子漢為妳傾倒嗎？」

應該說不只那個男子漢，就算對象是正常的一般人也沒辦法吧。

「你以為本小姐是何方神聖啊？我可是受到全國一千萬阿克西斯教徒所崇拜，大家都喜歡的阿克婭小姐喔。住在附近的小朋友們都很黏我，上次還有老爺爺請我吃甜點呢。只要我稍微指導一下她們兩個，那種男人肯定無法招架。」

她這種神祕的自信到底是打哪來的啊？

……不對喔等一下，指導她們兩個？

我的疑問還沒有得到解決，阿克婭便露出更為信心十足的跩臉表示：

「畢竟這兩個可是能夠對有任何一點控蘿的人發揮致命威力的蘿莉控殺手，還有能夠對喜歡色色的東西的人展現威猛殺傷力的情色妮絲小姐喔。如果在她們兩個的誘惑之下也能夠毫不動心地徹底排拒的話，我也願意正式承認他！」

「請等一下，蘿莉控殺手是在說我嗎！我不幹那種蠢事喔！妳說要測試那個男人專不專情，但我也是秉持專情為信念的女人，我都已經有和真了，才不要去搞什麼倒追呢！」

「應該說，你們可以不要再把我說成專門負責情色成分的人了嗎！總覺得你們對待我的態度一天比一天還要差了！話雖如此，面對這種糟糕的待遇我卻不是很討厭，也讓我有點對這樣的自己感到火大……」

阿克婭假裝完全沒有聽到她們兩個的抗議。

「毫無戀愛經驗的妳們可以儘管放心，我會好好傳授妳們這方面的智慧！你等著看吧，我要證明我說的話一點也沒錯！」

「我不幹喔，我絕對不陪妳玩這套喔！阿克婭，妳有沒有在聽啊！」

然後一邊被惠惠用力搖晃，一邊對著我如此宣言。

3

一間可以說是開錯地方的小酒吧裡，出現了一個跑錯地方的美女。

非常適合以妖豔形容的那位美女，身上穿著不適合這種便宜酒吧的高級晚禮服，走到一個人默默喝著酒的長袍男身邊。

「你旁邊還空著嗎？」

「……如果妳是來賣的，我並不需要。」

接著便帶著她極盡討好之能事的笑容僵住了。

……沒錯，找長袍男也就是迪克搭話的，正是受到阿克婭指示而行動的達克妮絲。

（喂阿克婭，那個傢伙卯足全勁連妝都化了還打扮成那樣，結果被當成是要去賣的，就這樣被甩掉了耶……噗呼！）

（別這樣，不可以啦和真，不要害我笑出來，等一下連我們都被發現了怎麼辦……噗哧。）

大概是聽得見我們的聲音吧，達克妮絲的臉越來越紅。

這裡是我之前遇見迪克的那個酒吧。

我和阿克婭在距離他們兩個稍遠的地方使用潛伏技能混進客人當中，以備在萬一達克妮絲不小心搭訕成功的時候營救她。

首先，阿克婭派出達克妮絲作為第一位刺客，然而……

（那個傢伙在我說她不可能成功的時候還那麼生氣，誇口說什麼貴族也有學攻陷男人的籠絡術，結果卻是這樣耶，呵呵。）

（不過也沒辦法，這是為了維茲好。讓你們見識一下貴族千金氣場吧。差不多在說到這裡的時候達克妮絲還很帥氣的說！）

達克妮絲一開始也是百般不願意。

原本她還不情願地說出什麼「我去找別的男人搭訕難道你都不會覺得怎樣嗎」之類的難搞發言，結果我說想要體會一下那個有名的ＮＴＲ之後，不知為何讓她非常能夠感同身受，於是便決定積極協助我們了。

看來我的說法對於變態而言似乎是非常能夠認同的答案。

順道一提，惠惠則是在阿克婭試圖說服她之前就不知道逃到哪裡去了。

正當我和阿克婭兩個人在距離迪克他們稍遠的地方交頭接耳的時候，達克妮絲似乎想起了原本的目的，收斂起窘樣。

她露出柔和的微笑，巧笑倩兮地說：

「你真愛開玩笑。我並不是什麼賣春女。我是在這個鎮上經營一間小店的女老闆，名叫拉拉蒂娜……」

「哎呀，這不是達克妮絲嗎！喂，妳穿晚禮服來這種地方幹什麼啊？這裡可不是貴族應該紆尊降貴來的地方喔。達斯堤尼斯家的大小姐啊，難得都在這種地方遇見了，妳就請我喝一杯吧！」

結果就被突然出現的，似乎是這間店的常客的金髮小混混纏上了。

這麼說來這個傢伙上次也在這間店耶。

「……死相，你是不是把我誤認成別人了啊？我……」

「妳在說什麼啊拉拉蒂娜，是我啊，我是達斯特啊！我們明明就一起組隊出去冒險過，也做過很多其他的事情耶！妳可別說不記得我喔！」

見迪克一直緊緊盯著如此互動的他們，達克妮絲轉身過去背對迪克，偷偷拿了一點零錢給纏著她不放的小混混。

就這麼被她揮手趕跑的達斯特儘管看起來有點不滿，但還是握著零錢離開了現場。

達克妮絲帶著笑容試圖掩飾剛才的失態。

「……走到哪裡都有像那種人呢，堅稱之前在哪裡見過面，藉此搭訕。」

「達斯堤尼斯家的大小姐找我到底有什麼事？」

完蛋了，這下沒戲唱了。

我和阿克婭以只有達克妮絲看得見的方式打暗號，要她放棄行動就此回來。

但是看見暗號之後，達克妮絲卻只是緊緊咬了一下嘴唇。

「看來玩笑開過頭了。那麼我正式自我介紹一下。我的名字是達斯堤尼斯・福特・拉拉蒂娜。是治理這個城鎮的領主的女兒，平常也從事冒險者的工作。」

看來即使貴族千金的身分曝光了，她還是打算就這樣繼續測試下去的樣子。

達克妮絲在迪克身旁的位子上坐下來，對老闆優雅地微笑了一下。

「給這位先生和我各來一杯這間店最高級的葡萄酒。」

「我們這種便宜的小酒吧沒有賣葡萄酒那種東西喔，達斯堤尼斯大人。」

（不可以啦和真，不能笑！達克妮絲是千金大小姐，所以和這種店不熟啦！這也是無可奈何的事情啊！）

（那妳為什麼也一臉似笑非笑的樣子啊，別這樣好嗎，連我都快要忍不住了！）

不只我們，就連周遭的其他客人也拚命忍笑，這時臉紅到耳根子去了的達克妮絲表示：

「那麼，就拿這間店的菜單上最貴的酒出來……」

「冰冰涼涼的深紅啤酒，小木桶裝的是吧。多謝惠顧！」

接了達克妮絲的點單，老闆拿出啤酒杯和一整桶的酒。

那個女人已經沒救了，行動完全都只會造成反效果。

「……厲害厲害，妳的酒量有這麼好啊。」

「…………我是為了慶祝和你邂逅，想請這間酒吧裡的所有人喝酒……」

她把身體縮得小小的，用蚊子叫一樣小的聲音這麼說。

——因為看見有趣的一幕而心滿意足的我們，和逃離了順理成章地化為宴會會場的酒吧的達克妮絲，一起在夜色中踏上歸途。

「我絕對不會再做那種事情了！該死的迪克，竟敢讓身為貴族千金的我出盡洋相！」

達克妮絲脫掉純白的手套，然後緊緊握住洩憤。

「明明就是妳胡亂自爆而已吧，迪克什麼都沒做啊……噗呼——！」

「不可以啦和真，達克妮絲難得都穿了晚禮服打扮得那麼漂亮你還笑她，這樣完全不被當成一回事的達克妮絲不是很可憐嗎！吶達克妮絲，我覺得妳今天表現得很不錯喔！尤其是妳說為了慶祝和你邂逅……硬是把狀況帶入宴會那招！要是有人對我說那種話的話我一定會秀一招壓箱底的宴會才藝！」

「啊啊啊啊啊啊！」

終於開始雙手掩面，放聲哭喊的達克妮絲，抬起已經哭花的臉說：

「不過，那個男人即使面對我的誘惑和貴族頭銜也不為所動……看來我看人的眼光果然沒錯。他和某個禁不起誘惑的傢伙截然不同。這下我得再次更新對他的認知才行了……」

聽見達克妮絲這麼說的語氣有多認真，阿克婭也換回認真的表情對我說：

「吶和真，你有看到那個什麼貴族千金氣場嗎？」

「很遺憾的，我看不到。聽說那就是貴族都會學的攻陷男人的籠絡術呢，妳有沒有學到幾招啊？」

我同樣一臉認真地如此回應，結果達克妮絲把手套往我身上一砸。

「我要宰了你們！」

我一面逃離終於真正動怒的達克妮絲，一面責怪阿克婭。

「笨蛋，妳調侃她調侃得太過頭了！她真的生氣了啦！」

「哇啊啊啊啊啊，明明是你最後說的那句話激怒達克妮絲的，你想辦法處理啦——！」

「激怒我的當然不是其中一個，你們兩個都有罪！現在逃跑的話只會讓狀況變得更嚴重喔！在回到豪宅之前乖乖接受懲罰吧！」

4

隔天早上。

我一大早回到家裡，便撞見正在整理田地的阿克婭。

「虧你敢大搖大擺地跑回來啊，逃跑尼特。因為只有我一個人被達克妮絲抓到，害我被她的太陽穴轉轉功整得超慘的。」

因為達克妮絲生氣的模樣太過嚇人，使用逃走技能成功脫逃的我，在外面過了一夜才回來。

「先別說我了，田裡面好像長了奇怪的東西出來耶。」

「等一下，你是打算蒙混過去嗎？有我代你受罪才能平息達克妮絲的怒氣耶，你應該多感謝我一下才對吧。」

我把阿克婭的抱怨當成耳邊風，在庭院裡蹲下。

長在田裡的是一個人物模型尺寸的小巧女孩。

「喂喂，長在這裡該不會真的是曼陀羅吧。妳這傢伙，要是讓它在鎮上發出尖叫下場會

很嚴重吧。妳不是說明年才要種曼陀羅嗎？」

「我是因為種子的價錢很便宜才種的，不過應該不會長得這麼快才對啊。可是，這樣一來這個孩子又是什麼啊？應該說總覺得她的長相好像在哪裡看過。原則上，植物型怪物的成長很快就是了……」

聽阿克婭這麼說，我赫然驚覺。

「這不是安樂少女嗎！為什麼會長在這種地方啊！」

「等、等一下！我只是向旅行商人大叔買了種子撒在這裡而已喔！我買種子的時候他算我非常便宜，而且那麼溫柔的大叔不可能販賣怪物的種子！」

這個笨蛋！

「就因為是怪物的種子才會那麼便宜推銷給妳吧，妳這個傢伙買了假冒龍蛋的小雞還學不乖，這次要種這種派不上用場的怪物了是吧！」

「就跟你說爵爾帝不是小雞了！更重要的是這個孩子應該怎麼處置啊？再怎麼說，如果我開始種怪物的話，達克妮絲又要生氣了！」

大概是因為我們太吵了吧。

「……早啊和真。你這個傢伙，真虧你還敢大搖大擺地跑回來啊！」

我看向聲音傳來的方向，發現我回來的達克妮絲正在穿涼鞋，準備出來庭院。

「和真，達克妮絲要過來這邊了！吶，你想辦法救救那個孩子吧！」

「就算那隻安樂少女被她發現，抓去安樂死，我也不會覺得怎樣啊……」

見我準備丟下她逃跑，阿克婭一邊亂拳打我一邊大喊：

「魔鬼！你果然是魔鬼尼特！難道那個剛成形的小生命在你心中一點分量都沒有嗎！」

「要說這種話的話，妳才應該把那份溫柔分一點給不死怪物或惡魔才對吧！啊啊可惡，她要過來這邊了！」

為了遮擋靠進過來的達克妮絲的視線，我和阿克婭站到安樂少女前面。

「抱歉達克妮絲，是我不好！昨天捉弄妳到有點太過頭了！我都已經這麼誠心誠意道歉了，妳就原諒我吧！」

「是啊達克妮絲，昨天的事情過去算了吧？好了，我做好吃的早餐給妳就是了，我們快點回家裡去吧！」

聽見我們這麼說，達克妮絲一臉狐疑。

我不停道歉也就算了，阿克婭的態度似乎讓她起了疑竇。

說的也是，如果是平常的這個傢伙，應該會說自己昨天晚上都被罵成臭頭了你也乖乖挨罵吧，積極地把我拖下水才對。

不出所料，達克妮絲以把我當成可疑人物的眼神看了過來。

「……你到底闖了什麼禍？」

「喂，為什麼是看我啊！我要把話說清楚，我之前闖過的禍應該少到屈指可數吧！」

聽我這麼說，達克妮絲把視線移向我的旁邊，阿克婭便像是被視線彈開似的轉過頭去。

我從很久以前就這麼覺得，這個傢伙未免太不會裝傻了吧。

「快說！妳這次到底做了什麼！」

「為什麼每次發生什麼事情的時候大家都自動把我當成犯人啊！夠了喔，像這樣從一開始就帶著刻板印象不太好吧！」

阿克婭一邊這麼說，一邊壓著達克妮絲的胸部想推開她，試圖讓她遠離這裡。

「住、住手，妳為什麼如此堅持要讓我離開這裡！」

被推開的達克妮絲為了阻止阿克婭而和她扭打在一起，結果視線無意間落在阿克婭的背後……

「……喂。」

「不是啦。」

劈頭就否認的阿克婭整個人巴住板起臉的達克妮絲。

「阿克婭，我說，那是安樂少……」

「不是，這個孩子是成長有點快又長得很可愛的曼陀羅！因為，我買的真的是曼陀羅的種子啊！」

我不知道曼陀羅和安樂少女到底哪個比較危險，不過達克妮絲的臉整個猙獰了起來。

「妳居然種了那種東西！應該說，那和安樂少女也差不了多少了吧！夠了阿克婭，快讓開！這是我能給她的最後一點同情，我要在她產生自我之前剷除她！」

達克妮絲捲起袖子，靠近安樂少女，準備將她拔出來。

嗯，會這樣也不意外。

我們總不能在鎮上養怪物，要說這個結果理所當然那確實也是，但阿克婭大概也沒有惡意，而且正如達克妮絲所說，不如趁現在給她一個痛快……

「別這樣，我已經幫這個孩子取名字了！我想說她是曼陀羅，就幫她取了一個響亮的名字叫死亡尖叫．血腥瑪麗……」

「妳幫曼陀羅取那種名字根本是明知故犯吧大笨蛋！稍微有點同情妳的我也是笨蛋，達克妮絲，趕快連根拔起吧！」

正當我用雙拳夾著阿克婭的頭用力轉的時候。

「大家早安。你們今天也是從一大早就這麼熱鬧呢。這次又闖了什麼禍啊？」

昨晚應該成功逃掉的惠惠回來了，而且不知為何還帶著渾身泥濘。

5

洗好澡之後整個人熱呼呼的惠惠大口吃著飯。

「惠惠，妳到底逃到哪裡去了啊？如果妳那麼討厭搭訕那個人，討厭到不惜在野外求生過了一整晚的話，我也不會勉強妳啦。所以妳不可以去危險的地方喔。」

「不是啦，妳把我當成哪種野孩子了啊？我的確是不想搞倒追才會逃離這個家，但是搞得渾身泥濘才回來是另有原因。」

大概是填飽肚子之後感覺比較安穩了吧，惠惠喘了一口氣，擦了擦嘴角。

「什麼原因？看見可能有很多經驗值的怪物所以就窮追不捨，還是有小朋友取笑妳的名字所以就窮追不捨？」

「你把我當成怎樣的人了啊！最近已經沒有住在附近的小朋友會取笑我的名字了好嗎，因為他們已經全部都被我教訓過了。」

「是、是說，惠惠，小朋友們的家長都有來抗議喔，而且每次都是我去道歉喔。這些妳可要牢牢記好，不會再做類似的事情了吧？」

達克妮絲一臉不安地這麼問時，我一面為惠惠泡飯後茶，一邊催她說出她所謂的原因。

「其實是這樣的，昨天晚上我逃出家裡之後無處可去，所以為了找個認識的冒險者敲竹槓，就在鎮上到處晃來晃去……」

漫無目的地在鎮上閒晃的惠惠，偏偏就只有昨天遇不到交情比較好的熟人。

於是，她心想去冒險者公會總該有她認識的人在吧，便跑了一趟……

「結果芸芸好像拚命在找人陪她接受那個考驗，所以本小姐決定再次助她一臂之力。」

「我已經知道結果會怎樣所以不用再說下去了。」

儘管我打斷了惠惠的說明，她還是帶著晶亮的眼神說：

「你聽我說完嘛和真。我也是具備學習能力的喔。在上次的考驗當中，我因為覺得第一次考驗的那個什麼解謎太麻煩了，才會忍不住施展魔法。於是，這次我為了在煩躁的時候也盡可能不施展魔法，事先將法杖交給芸芸保管，盡力只顧著專心跟在她後面走。」

「是喔。」

這個愛搶戲又愛搶先的傢伙也有所成長了呢。

「話雖如此，在上次考驗當中失去資格的芸芸姑且不論，破壞了考驗所的我已經被禁止參加當搭檔了。於是，我昨晚和芸芸兩個人商量之後的結果是，難得有這個機會，乾脆趁沒有人在看的深夜接受考驗，事後再叫村裡的人承認，並決定採取這樣的作戰計畫。」

看來有所成長只是我想太多了。

惠惠果然又說出奇怪的事情來了。

「披荊斬棘地在黑暗的森林當中前進之後，抵達了趕工搭建出來的新考驗所，我們這次決定好好挑戰解謎。話雖如此，畢竟我們這邊的成員可是紅魔族第一天才的本小姐，還有未經許可自稱是本天才的競爭對手的芸芸。解謎這種屬於動腦領域的考驗，照理來說應該是小菜一碟才對。」

「我心裡除了不祥的預感之外已經什麼都沒有了。」

惠惠不經意地別開視線，更是印證了我的猜測。

「仔細想想，我們從學校畢業之後，除了實戰以外都沒有好好學習過……無論我們挑戰了多少次都被考驗所的魔道具判定為不及格，所以我就搶走芸芸背上的法杖，照樣破壞了考驗所……結果大概因為這次挑戰的時段是晚上，聽見聲響的怪物開始大量聚集過來……」

「……我姑且問一下，妳們沒有被紅魔之里那些人抓包吧？」

我提心吊膽地這麼問，惠惠便擺出一臉跩樣。

「包在我身上。在我們遠離怪物，四處逃竄的時候，村裡的大家聽見爆裂魔法的巨響

之後也趕到了，所以我們就用芸芸的瞬間移動魔法假裝完全不知情地回到村裡，還吃了消夜呢！然而，我似乎太小看紅魔族對魔法的知識了，隔天早上不知為何被發現犯人就是我，要我賠償魔道具……」

「說的也是，這個傢伙的爆裂魔法就是不動如山的證據！還扯什麼對魔法的知識，除了妳以外，最好是有哪個紅魔族會用那種魔法啦！」

我接過惠惠一臉歉疚地遞給我的請款單，然後將上面寫的金額交給她。

「不好意思耶和真，你等著看我下次怎麼做到神不知鬼不覺吧。」

「妳努力的方向不對吧，而且根本就不應該有下次了！」

接著，惠惠津津有味地喝完我泡的茶之後——

「所以，你們這邊到底怎麼了？」

並歪著頭這麼問。

6

「這、這要怎麼處理啊？」

「還敢問怎麼處理，關於這個傢伙妳也一樣有罪。因為田地是妳和阿克婭一起開墾出來的嘛。」

看見剛長出來的安樂少女，惠惠低吟了一聲。

「不，可是……我可沒想到會有怪物的種子混在裡面……」

在吞吞吐吐地找著藉口的惠惠身旁的阿克婭用力拉了拉我的衣服。

「那個，和真，我會好好把這個孩子養成一個正直的孩子。之前的安樂少女之所以會長成壞孩子，一定是因為生活環境不好。只要是擁有純淨之心的人用愛灌溉她，我想她一定會長成一個善良的孩子。」

還說出這種話來……

「阿克婭，妳也該乖乖聽話了吧。安樂少女是怪物。每年都會有人因她而死，是非常危險的……」

「沒錯，就養大她吧！幹得好啊阿克婭！妳難得像今天這麼聰明呢！」

我打斷了正在說服阿克婭的達克妮絲，大聲這麼說。

沒錯，我想到一個很棒的主意了！

「什麼什麼，和真先生想到什麼了不起的主意了嗎？有困難就找和真先生這句話果然沒有說錯，快告訴我們吧！」

面對興高采烈地這麼問我的阿克婭，我擺出跩臉開始說明：

「好——聽好了阿克婭，仔細聽清楚喔。首先，我們在庭院裡培養這株安樂少女。接下來開始大量繁殖這個傢伙。然後呢，安樂少女是靠三寸不爛之舌誆騙旅人，將他們安樂死的怪物對吧？換句話說這些傢伙沒有攻擊力。儘管如此，這些傢伙的經驗值卻相當高。所以了，只要在這塊田地種一大堆這些傢伙，就隨時都可以輕鬆練等……」

「我怎麼會笨到拜託你這個狗屎尼特！和真先生的人心是不是掉在哪裡了啊？就連我也退避三舍了！」

居然一開口就把我損成這樣。

「喂等一下。我聽說過有一招叫做養殖的練等方法，是由比較厲害的紅魔族將怪物傷害到無法動彈，再由比較弱小的紅魔族撿尾刀藉以提升等級。剛聽到這招的時候我也覺得不太好，但是到頭來還不是同一件事？妳們之前不是也一直邀我去練等嗎！」

「紅魔族代代相傳的養殖手法好歹是在把怪物打到無法動彈的時候再冒險去挑戰強敵！請不要和這種犯規的練等方式混為一談！」

「唔、嗯，效率感覺是很不錯，但這招再怎麼說也太不人道了……」

哎呀，大家已經完全不正眼看我了呢。

我這是知道安樂少女天生有多麼邪惡才會提的主意耶……

應該說，這幾個傢伙面對安樂王女的時候得到的心理陰影面積也不小吧。

「吶，先別談這個孩子了，現在最重要的是昨天晚上達克妮絲跑去搭訕卻把她甩得一乾二淨的那個男人吧。」

「阿、阿克婭，妳可以不要動不動就提什麼……甩不甩的嗎……」

沒有理會垂頭喪氣的達克妮絲，阿克婭激動地宣言：

「既然負責情色路線的達克妮絲沒能讓他為之傾倒，下一個刺客就是蘿莉惠了。要是他連蘿莉惠都能抵擋的話，再怎麼說我也不得不承認他了。」

「都已經說過多少次了，我絕對不幹，應該說請不要叫我蘿莉惠！既然阿克婭那麼堅持的話就別裝模作樣了，親自出馬不就好了嗎！」

聽惠惠這麼說，阿克婭敲了一下手。

「這麼說來確實沒錯。如果能拒絕我這個美麗又動人的阿克婭小姐的邀約，就表示他的心意貨真價實。好吧，既然憑達克妮絲的能力辦不到，那就由本小姐去輕鬆攻陷他好了！」

「吶，自己說這種話好像也不太對，不過我不認為自己身為女性的魅力會輸給阿克婭喔！喂阿克婭，妳剛才用鼻子哼笑了對吧！等一下，在阿克婭心目中我到底被放在多低的位置啊！」

7

當天晚上。

數不清是第幾次來到這個酒吧的我們，坐在牆壁邊的座位偷看狀況。

「我到現在還是不敢相信那個傢伙居然會想要嘗試攻陷男人。應該說，她是和談情說愛最無緣的一個了吧。」

聽了我的意見，達克妮絲不住用力點頭。

「但是阿克婭只論外貌的話是很美，所以事情還很難說……不過，最重要的內在以女人而言很那個就是了……」

「話雖如此，包括阿克婭在內，我們去其他城鎮的時候也有過被搭訕的經驗喔。在這個城鎮因為不當的負面評價四起，大家才會避開我們，但是像我們這種等級的美女、美少女，照理來說任何對象都是手到擒來吧……怎、怎樣啦和真，你從剛才開始就一臉似笑非笑，有話想說的表情是什麼意思！」

我把惠惠的抗議當成耳邊風，同時為了保持低調而使用潛伏技能消除氣息。

然後為了讀取阿克婭和迪克的對話，我發動了讀脣術技能。

在我們的視線前方，阿克婭像是喝醉了酒似的以忽左忽右的腳步走向迪克。

今天的阿克婭身上穿的不是平常的神器羽衣，而是看似尋常村女的服裝。

見她突然就做出那種詭異的行徑，我原本還在想說那到底是什麼意思，不過又看她動不動就搔首弄姿，看來她本人似乎覺得那是能夠展現女人味的走路方式。

「吶，前面那位隱約散發出型男氛圍孤零零一個人喝著酒的先生。看你好像和我們家的尼特一樣閒到沒事幹的樣子，可以陪我一下嗎？」

明明是第一次見面，開口就突然參雜著很沒禮貌的詞彙的阿克婭嘗試了第一次接觸。

我立刻將她剛才說的話翻譯給惠惠他們聽，這時迪克一臉厭煩地轉過頭去，看見阿克婭之後愣了一下。

嗯，我懂他的心情，感覺就像是看到奇妙的稀有動物吧。

也不知道到底對他的反應起了什麼誤會，阿克婭露出滿面的笑容，在迪克旁邊的位子上坐下。

「哎呀哎呀，是不是姊姊太美了嚇到你了啊？呵呵，真是個可愛的小弟弟。其實我知道很多非常有趣的事情喔。如何？想不想聽啊？」

難不成她是想扮演年長的大姊姊嗎？

阿克婭心目中的好女人看來就是那種感覺了。

這樣加上她目前說過的話，怎麼看都只像是可疑的女推銷員吧，那個傢伙真的覺得這樣能夠讓迪克上鉤嗎？

這時，我不敢相信自己讀取了迪克的發言的眼睛。

「……這樣啊，有趣的事情是吧……原來如此，好吧，我就陪妳一下。老闆，給這位小姐一杯酒，我請客。」

喂，他還好嗎？

不對等等，為什麼那個男子漢會接受那個化為不明生物的阿克婭的邀約……

「哎呀，真是不好意思。平常我養了一個尼特老是愛請我喝酒，但是很不湊巧，他今天正好不在這裡。」

回家之後我一定要弄哭那個女人。

應該說，她搞不好連我們在一旁監視都已經忘記了。

這時，我翻譯了兩人的這番互動之後，聽見一陣「喀噠喀噠」的聲響。

我看向身旁，只見達克妮絲和惠惠臉色蒼白，不住顫抖。

「你你、你騙人……吶和真，你是騙我們的對吧？為什麼斷然拒絕我的邀約的那個男人會請阿克婭喝酒……啊啊，我、我真的是個比阿克婭還要沒有女人味的女人嗎？我還以為平常的阿克婭天真無邪到不會讓人意識到她是個女人，難道男人喜歡的就是那樣嗎……？」

「達達、達克妮絲，請妳冷靜一點！目前他不過是請阿克婭喝酒罷了！阿克婭平常就很習慣讓各式各樣的人請她喝酒，這並不是什麼太罕見的狀況！」

儘管兩人內心極為動搖，阿克婭他們卻是相談甚歡。

「所以，妳知道什麼有趣的事情？」

「呵呵，你真是個急性子呢。好吧，我就告訴你一些有趣的事。這是住在我家附近的斯通先生告訴我的，用手指戳野生尼祿依德的屁股，尼祿依德就會以比平常高八度的聲音喵喵叫喔。你不知道吧？」

「…………那是某種暗號嗎？還是什麼我不懂的語言之類的？」

迪克倒是一臉認真地聽得很專注，但是我真的非翻譯這種腦洞對話不可嗎？

「和、和真，他們兩個到底都聊了些什麼啊？那個男人看起來對阿克婭的話題非常感興趣耶……！」

「吶和真，不只女人味，我就連談吐也完全輸給阿克婭嗎……我並不是覺得阿克婭在我之下，但該怎麼說呢，就是覺得大受打擊……」

我覺得把這種對話翻譯給惠惠她們聽實在太過愚蠢，決定專注在讀取對話的程序上。

「那你知道這個嗎？粉紅謬謬貽貝雖然名叫貽貝，但其實是海葵的一種。碰上緊要關頭的時候，牠會旋轉擬態成貝殼的觸手當成螺旋槳，藉此高速移動。哎呀，你應該不知道我說

的螺旋槳是什麼吧。」

謬謬貽貝是什麼啊，害我一直累積一堆超不重要的知識。

應該說那個傢伙一開始說得一副意有所指的樣子，現在是在扯什麼東西啊，難道那是女神式的撩男手法嗎？

「抱歉，我也沒聽過那個詞彙。應該說，從剛才開始，妳說的話我就只能理解一半，不過看起來倒也不像在故弄玄虛或是蓄意蒙騙我。因為我在妳身上感覺不到邪氣。人類在說謊的時候，無論說的是多麼小的謊都一定會產生邪氣。就這點而言，妳看起來十分清純。」

「哎呀，我才不會說謊呢。不過，你這個人相當優秀。我覺得你看人的眼光，尤其是看女人的眼光非常準確。」

「我對看人的眼光很有自信。」

你那對眼睛大概已經瞎了喔。

我實在很想現在就立刻跑去吐嘈，不過這到底是怎麼一回事啊？

迪克該不會是透過神的神聖氣場之類的來判斷的吧。

這時，心情大好的阿克婭開始切入正題。

「話說回來，這樣未免太可惜了。你看人的眼光這麼優秀，沒想到卻有戀屍癖。我都聽說了喔，你喜歡不死者對吧？」

「怎麼可能！妳說我喜歡不死者？開什麼玩笑啊，我最討厭不死者和惡魔了！」

…………咦？

「喂怎麼了和真，阿克婭他們在說什麼啊？」

「你的臉色突然變得很難看喔？那個男人說了什麼嗎？」

不對不對，等一下，剛才那個應該是搞錯什麼了吧……

「等一下喔，你其實還挺懂的嘛！沒錯沒錯，不死者和惡魔都應該消滅掉才對！尤其是惡魔真的不行，絕對不行！光是聞到那些傢伙的臭味我就會冒出一把無名火。」

「我完全同意！惡魔那些傢伙讓人生理上就無法接受。真不知道那種東西為什麼會存在……管理這個世界的女神艾莉絲到底在幹什麼啊？」

奇怪，局勢好像整個詭異起來了！

我對迪克的印象開始大幅走調……！

「這也是無可奈何的事情，別看艾莉絲那樣，她其實是個沒有優秀的女神前輩在，就什麼都做不好的孩子。如果你和認識的人聊到這個話題，就把這個消息放出去吧。啊啊，還有，我再告訴你一個有用的情報。艾莉絲的胸部是墊出來的。這在阿克西斯教的聖典上也有記載，是一件非常重要的事情。你一定要告訴大家喔。」

「艾莉絲的胸部是墊出來的……哈哈哈哈，我還真是聽到一個非常有用的情報了呢！如果有機會再次見到艾莉絲女神，我一定要拿這點來調侃她！」

「喂和真，快說明！他們為什麼一副相談甚歡的樣子啊！」

「總覺得我之前從來沒有看過阿克婭那麼開心又充滿活力的表情耶！那兩個人不會怎樣吧？」

為什麼那兩個人可以聊那種蠢話聊得那麼起勁啊？

「我好久沒有聊不死者和惡魔聊得這麼開心了！這種時候應該請你喝一杯才對，只可惜我的零用錢已經沒了。」

「妳在說什麼啊，錢當然都給我出。來，喝吧！」

還是無法完全接受阿克婭有男人緣這個事實的我。

「和真，那個男人開始不斷點酒給阿克婭喝了耶！這樣我豈不是慘敗嗎！」

「達克妮絲，看來就像阿克婭說的，我們都還是小朋友，這就是現實！」

只能茫然望著眼前這幅沒天理的光景。

「今晚不醉不歸——！」

最終章 為巫妖獻上真摯的愛！

1

阿克婭到了早上才回來。

「那個叫迪克的人很有意思，他給了我不少樂子呢。」

然後開口第一句話就是這個。

「啊啊啊……阿克婭、阿克婭轉大人了……！」

「不對喔惠惠，阿克婭其實原本就是成熟的女人……」

沒有理會以畏懼的眼神看著她的兩人，我開始詢問昨天晚上的狀況。

「我問妳，昨天晚上發生了什麼事？妳們喝到一半不知怎地開起宴會之後，我覺得很傻眼就回來了。妳到了早上才回來，該不會是真的那個了吧……？你們沒有發展出什麼成人關係來吧？」

「事到如今你還在說什麼啊？我確實是個成熟的女性啊。當然是玩了成人的遊戲才回來，這還用得著問嗎？」

這個傢伙是認真的嗎！

「我們玩了把骰子丟到碗裡，以丟出的點數分勝負的遊戲。不過全部都是我輸。然後呢，我們還玩了我也搞不太清楚的卡牌遊戲。不過全部都是我輸。」

這個傢伙是認真的嗎。

「順道一提，因為我沒帶錢，賭輸了的部分我就用身體付了。」

「妳這個傢伙是認真的嗎！」

我終於忍不住大聲叫了出來。

「該說是身體還是腦袋呢，總之我告訴他很多有趣情報，來抵銷我賭輸的那些錢。」

「妳、妳這個傢伙……」

阿克婭伸出右手。

「像是可以吃的貝類有哪些、吸了會有甜甜的花蜜跑出來的花的知識之類，總之我告訴他很多事情，但還是不夠。和真先生，這就當作是必要經費，把我賭輸的那些錢給我吧。」

「妳從剛才開始一直說些引人誤會的話，可以不要這樣嗎，真的會嚇到人耶。」

我遞給阿克婭一個裝了艾莉絲金幣的小袋子，她便開心地收了起來。

「……那些錢是用來償還妳賭輸的部分喔。別想拿那些錢再賭一把，或是把輸掉的錢贏回來喔。」

「…………你知道嗎和真，賭博這種事情有所謂的高低起伏。我已經輸到谷底去了。換句話說已經沒有繼續輸下去的因素了。所以你儘管放心。」

「好，把那些錢還給我。我直接拿去付給迪克。」

就在我試圖拿回交給阿克婭的小袋子而和她扭打在一起的時候。

「所以說，阿克婭，那個叫迪克的男人如何？他現在給我們的印象已經相當偏離之前的誠懇又專情了耶。」

「這個嘛，該怎麼說呢，感覺是個具備看出真正的好女人的眼光的成熟男人吧。對我這個水準的女人而言就和小孩差不多，但維茲還是小朋友，對她而言負擔可能有點太重了吧。不過既然他那麼討厭不死者和惡魔，我想本性應該不壞才對。」

「不，在他說出討厭不死者的那一刻開始就已經很奇怪了吧。這樣真的沒問題嗎？」

阿克婭用力從鼻子噴了一口氣。

「沒問題，維茲的確是不死者沒錯，不過那個孩子懂得保持清潔所以身上沒有腐臭味，這個部分只是小事一樁！」

「這是為什麼呢，和真？阿克婭一開始稱讚他，我馬上就覺得那個男人很可疑了……」

好巧啊，我也是。

「話雖如此，我們也只是擅自調查了他是個怎樣的男人罷了。要怎麼對待他是維茲該抉擇的事情。何況迪克也只是被阿克婭搭訕之後就和她一起喝酒而已，不過就是這種程度的事情，我也常和認識的女冒險者一起喝酒啊，這樣還不能算是不誠懇或是不忠的男人吧。」

「我認為這樣很不誠懇，也算是不忠了……」

正當我因為惠惠看著我的冷淡眼神而感到害怕時。

「昨天，我表示自己其實是維茲的朋友，結果迪克就拜託我傳話給維茲。放心吧，討厭惡魔的人不會變壞！好了，我們去魔道具店吧！」

情緒異常亢奮的阿克婭如此高聲宣言。

2

一打開魔道具店的店門，就看到不知為何在顧店的布偶裝坐在櫃檯後面。

「『Sacred Highness Exorcism』——！」

「吱呀啊啊啊啊啊啊啊啊啊！」

「不要每次都淨化絕雷西爾特！復活也是很麻煩的好嗎！」

一撞見他就出招淨化的阿克婭，惹得剛好在場的巴尼爾暴怒。

看來阿克婭已經愛上消滅布偶裝的遊戲了。

「那種事情現在不重要啦！重要的是有人託我傳話給維茲，快把那個孩子交出來！」

「維茲現在在這間店的後院對著花說話。老實說看久了相當噁心，所以汝等快去做個了斷，讓吾享受一下吧。」

巴尼爾一邊復活布偶裝，一邊指了指這間店的後面。

阿克婭緊緊握著像是信件的東西，快步跑了過去。

「吶，巴尼爾。你透視過那個名叫迪克的男人對吧？那個時候你為什麼那麼推崇他啊？一開始我還覺得他是個了不起的男子漢，但是那個傢伙卻說他討厭惡魔和不死者，這到底是怎麼回事啊？」

「吾先說出答案的話就不好玩了吧？呼哈哈哈哈哈，吾從來不說謊。正如吾之前透視的時候所說，當花痴老闆回應那個男人的心意之時，能夠享受前所未有的至上歡喜及幸福之人將隨之誕生。唯有此事千真萬確。惡魔絕對不會說謊，汝儘管期待吧！」

看見不知為何而喜不自勝的巴尼爾，我心中的不祥預感瞬間擴大。

受到阿克婭讚美，又受到惡魔推崇的那個叫迪克的男人。

不知為何，這讓我覺得非常不對勁。

這時，看著活過來的布偶裝逐漸脹大，惠惠似乎相當感興趣。

「對了，那隻企鵝為什麼在顧店啊？他開始在這裡工作了嗎？」

「不，只是原本就很沒用的花痴老闆變得更加派不上用場了。於是，吾才叫外表看起來很可愛的絕雷西爾特顧店……至於老闆現在有多派不上用場，汝等看了就知道。」

我聽不懂巴尼爾話中的含意，只能歪頭。

「這麼說來，我還沒有對你報過名對吧……吾乃惠惠！身為阿克塞爾第一魔法師，擅使爆裂魔法！小心不要被阿克婭淨化過了頭，導致內容物完全不見喔。」

「妳好啊紅魔族的小妹妹，我是絕雷西爾特，大概會不時在這間店出入，請多指教。」

握著布偶裝的小翅膀，惠惠皺起眉頭，顯得有點不悅。

「我叫惠惠。要叫我的話請好好叫我的名字，不要叫什麼紅魔族的小妹妹。還是說你對我的帥氣名字有什麼意見嗎？」

「不、不是，並沒有這回事……只是對於我們惡魔族而言名字是非常重要的東西，規定只有在稱呼自己認同的對象時才能叫名字……」

事關名字就會很敏感的惠惠把臉湊到布偶裝面前說：

「可是你叫我們家達克妮絲的時候就有好好叫她的名字，稱呼她為達斯堤尼斯爵士不是嗎？」

「那、那是因為我認同達斯堤尼斯爵士是位堂堂貴族千金，才會好好叫她的名字……」

正當布偶裝願意以名字稱呼的達克妮絲一臉頗開心地不住竊笑的時候，帶著維茲回來的阿克婭有氣無力地開了口：

「偶回來惹——……」

阿克婭不知為何一臉有點疲倦的樣子。

至於我們要找的維茲。

「哎呀，和真先生，歡迎光臨。」

她臉上露出一種有些憂愁，同時又有點喜不自勝的奇妙表情。

「——後來，我認真想了很久。到底是應該回應迪克先生的心意，還是應該留在這裡，為了實現巴尼爾先生的願望而努力經營這間店……」

「吾說過好幾次了，汝還是出嫁比較能夠讓這間店順利經營下去。」

把巴尼爾的發言當成耳邊風的維茲眼角泛淚，像是悲劇女主角似的帶著誇張的肢體語言哀嘆：

「啊啊，我原本只是每天過著和平的日子讓這間店的生意蒸蒸日上而已，事情居然會突然變成這樣。阿克婭大人，我到底應該怎麼做才對？巴尼爾先生確實需要我。可是……」

「吾需要的是汝的魔法，而非經營能力。」

再次把巴尼爾的發言當成耳邊風的維茲，望著窗外的景色，手掌整個貼到窗戶玻璃上。

「可是！反觀迪克先生，他不只是需要我，還說非我不可。甚至還說除了我以外不作他想，既然他都已經說成這樣了……」

「不，我記得他並沒有說到這種地步。」

「既然他都已經說成這樣了！我到底該如何是好呢阿克婭大人，我應該選擇哪一條道路才對呢……？」

維茲甚至連我的吐嘈都不予理會，巴著略顯乏力的阿克婭不放。

「呃，我覺得那個人好像是個非常好的人，應該很值得推薦才對吧。」

「這樣啊！那位先生是連阿克婭大人也無從挑剔的男人！這樣的人居然會看上我……」

說著，維茲呵呵地露出奇怪的笑容，而我看著這樣的她表示：

「吶，維茲怎麼了？你給她吃了什麼奇怪的東西對吧？」

「少安那種莫須有的罪名給吾。吾好歹也相當擔心老闆現在這種過於悽慘的狀況，最近給老闆吃的東西還算像樣。結果……不知為何卻讓那個患病老闆開始產生奇怪的誤會，說是吾為了將維茲留在這間店裡，才會比平常還要體貼。」

那還真是辛苦你了。

「原來如此，於是你就丟著她不管，她就變成這副德性了是吧。」

「就是這麼回事。如今老闆從早到晚都像那樣，發花痴發到腦袋裡面變成花園了。變成那樣至少不會再進些奇怪的商品回來，還不至於妨礙到生意……但是對於吾等惡魔而言，精神攻擊比蹩腳的魔法還要有效……」

也不知道我們的對話內容是這樣，維茲本人一副很希望巴尼爾理她的樣子，不斷偷瞄這邊。

明明是個惡魔卻像人類一樣重重嘆了口氣的巴尼爾，對靜不下來的維茲說：

「發情老闆啊，汝不是收到邀約的信件了嗎？趕快去解決這件事再回來吧。然後變回平常的汝，完成和吾締結的契約吧！」

聽他這麼說的維茲表示：

「……也就是說，你的意思是希望我這個只會製造虧損的人繼續當老闆嗎？」

「吾說要換吾當老闆，汝也不會答應吧。」

巴尼爾扯著嘴角語帶不滿，但這卻是他第一次表達自己的意見。

他希望維茲維持現狀繼續當老闆。

換句話說就是那麼回事吧。

「巴尼爾先生真是個傲嬌呢。」

「汝對沒有性別的惡魔談什麼狗屁傲嬌啊，少說那種噁心的話了，快去快回。吾乃千里眼惡魔。汝打算做出何種決定，這點小事在相處過這麼久之後，不需要使用力量吾也能夠預測。汝或許會稍微陷入苦戰但不需要擔心。憑汝的實力一定能夠獲勝。吾接下來要去進貨，不過……」

接下來會發生什麼事，還有之後的結果，他都已經知道了吧。

自稱千里眼惡魔的這位個性彆扭的地獄公爵……

「工作結束之後，吾一定會趕到現場去。吾相當欣賞汝，今天可要讓吾看場好戲啊。如此一來，最近的鉅額虧損就可以一筆勾銷。汝過去乃人類之身，卻能夠和吾對等地打到不分勝負。事到如今，汝又怎麼可能輸給那種程度的男人呢……好了，快去吧！」

這麼說完之後，對帶著笑容的維茲露出無所畏懼的笑。

「好！」

3

維茲收到的信上面，寫著迪克叫她去的地方。

地點是位於城鎮外面的公墓。

只是要告白的話，那種地方可以說是一點情調也沒有吧。

聽巴尼爾剛才說得好像是要送維茲出來決鬥似的，事到如今我才開始回想迪克的發言。

之所以會這麼做，是因為最近我一直覺得不太對勁。

就像是拼圖拼下去了卻覺得不完全吻合，又像是鈕釦扣錯了位置。

我記得，迪克那個時候確實是這麼說的。

『好了，已經夠了吧！冰之魔女啊，和我一決勝負吧！』

……快想起來，應該還有後續才對吧。

『妳問為什麼？那還用說嗎！當然是為了對妳展現我的力量，讓妳辭去現在的工作！』

嗯，確實是像這種感覺的求婚台詞。

…………求婚台詞？

奇怪，等一下喔？

這真的是求婚台詞嗎？

而維茲不知所措的回應我記得是——

『你你、你是叫我、走入家庭嗎……！』

……對方沒有這麼說。

是維茲擅自這麼解釋，迪克完全沒有說過這種話。

然後，他最後應該是這樣結尾的才對。

『妳的工作有我接手！那麼我要出招了！我……』

說到這裡維茲便瞬間移動，勝負就此不了了之。

……奇怪了，這樣果然不太對勁吧！

——我在內心如此糾結的同時，我們依然魚貫走向指定的地點。

「吶，維茲。那個叫迪克的人之前請我喝酒喔。」

「咦咦！這、這是怎麼一回事呢阿克婭大人！我記得大家不是都說那位先生既專情又誠懇嗎……！」

這只是普通的求婚。

這只是普通的告白。

「所以啊，我才想測試他是不是真的有那麼真誠。結果他好像抵擋不了魅力四射的我的邀約，和我一起喝了通宵。不過妳放心，他沒有對我做出任何類似性騷擾的行為，不僅如此，我從他身上也沒有感受到平常和真先生隨時都在不斷散發的那種邪氣。」

「這、這樣啊……不過我已經決定好要怎麼回答了，所以沒關係，阿克婭大人。」

可是，巴尼爾的態度也讓我很在意。

那個傢伙確實是這麼說的。

『當汝回應那個男人的心意之時。能夠享受前所未有的至上歡喜及幸福之人將隨之誕生！』

……正常來想，這句話的意思是維茲和迪克會得到幸福對吧？

可是身為惡魔的那個傢伙，真的會提出能夠讓人得到幸福的正當建議嗎？

「是喔？無法抵擋我的魅力是無可奈何的事情，不過搔首弄姿的達克妮絲的邪惡邀約他就排拒得非常徹底喔。這個部分讓他賺了不少誠懇分數。」

「這、這樣啊……」

「喂阿克婭，可以不要動不動就把我抓出來比較嗎！」

正當我如此沉思的時候，惠惠輕輕在我背上戳了戳。

「到底是怎麼了？從店裡離開之後，你好像就一直在想事情呢。」

「……沒有，總覺得有種強烈的不祥預感……希望只是我多心了，否則一個弄不好的話搞成腥風血雨的狀況也不足為奇。」

儘管我如此表示不安，惠惠只是輕輕笑了一下，一副是我想太多的樣子。

「沒問題啦。我不知道那個叫迪克的人有多強，但是一路走來無論是怎樣的對手都被我們打倒了不是嗎？更何況，這次還有擁有犯規級力量的巫妖——維茲在。而且……」

說著，惠惠面露微笑，試圖消除我的不安。

「而且無論是怎樣的對手，我都會用爆裂魔法轟殺對方，保護和真。所以請放心吧。」

「好、好喔……」

她對我說這種話我是很開心，但是那和我心中的不安有點不太一樣——

4

距離阿克塞爾稍遠的公墓。

仔細回想起來，這裡是我們第一次遇見維茲的地方。

這樣一想，這裡好像也不算那麼沒情調……

「不，還是沒有。」

「怎麼了，你突然出聲是在幹嘛？」

我們來到約定好的地方時，迪克已經在那裡了。

他披著古色古香的長袍和披風，那種打扮怎麼看都不像是接下來想求婚的人。

迪克看見和維茲一起前來的我們，驚訝地瞪大了眼睛。

「一旁的佐藤和真也就算了，還有好幾張其他的熟面孔呢。達斯堤尼斯家的千金，還有……那不是和我一起通宵暢談謬謬貽貝的朋友嗎……」

謬謬貽貝到底是什麼啦？

而且朋友是怎樣啊，你們在我沒看到的時候交情也變得太好了吧。

原本以友好的視線看著阿克婭的迪克忽然回過神來，再次面對維茲。

不同於身穿長袍的迪克，維茲今天穿的是和上次精心打扮時一樣的服裝。

「雖然我也沒資格說這種話，不過妳穿成那樣沒問題嗎？」

「我不常這樣打扮又覺得很害羞，不過原則上要一決勝負的時候我都是穿成這樣……」

聽維茲害羞地這麼說，迪克點了一下頭。

「請恕我失禮。我還以為妳是看不起我呢。」

「才、才不是！對我而言，你是第一位讓我面對這種狀況的對象……所以，我不是很習慣這種打扮，真不好意思……」

見維茲縮著肩膀，微微屈著身子，迪克瞬間露出驚訝的表情。

「原來如此。如果是還算有點本事的冒險者，或多或少會被人看不起或出言挑釁……但是，妳的名聲太響亮了。聽到冰之魔女這個名號，尋常的冒險者非但不會想要一決勝負，甚至還會感到害怕吧……」

「就、就是這樣！真的是這樣！大家都很怕我……！但我明明就沒有那麼可怕……！」

「哦！這、這樣啊……雖然不太清楚，不過妳也吃了不少苦頭吧……」

看見維茲快要哭出來的反應，迪克有點退縮。

我聽巴尼爾說過，維茲在冒險者時代因為過於活躍，導致她連被搭訕的經驗都沒有。

迪克重振氣勢，對維茲露出無所畏懼的笑容。

「那麼差不多該開始了吧。我們之間應該已經不需要多說什麼了。還是妳又要像上次一樣逃跑了呢？」

面對這樣的迪克，平常感覺總是有點畏畏縮縮又乖巧的維茲表示：

「我不會逃。這次，我打算正面回應迪克先生的心意。」

「很好！」

說著，維茲在身前交疊雙手，視線未曾離開迪克，目不轉睛地注視著他。

「我不打算辭去現在的工作。唯有這件事情我絕對不會讓步。因為……」

維茲輕輕笑了一下。

「我和一個已經來往很久的怪胎朋友約好了。」

然後毫不遲疑，斬釘截鐵地這麼說。

聽了維茲的發言，迪克露出好戰的笑容，緊緊盯著維茲。

「原本人稱冰之魔女，率領至高冒險者小隊之人啊。如今已淪落為巫妖，卻仍在追求魔道之真髓之人啊。我的名字是迪克。我也和妳一樣，志在有朝一日窮究魔道之真髓。不死者之王——巫妖啊！我要求與妳決鬥！」

然後高聲報上名號——

5

「『Inferno』！」

「『Freeze Gust』！」

在公墓旁邊的寬敞空地，灼熱的業火與純白的霧氣瘋狂肆虐。

迪克發出的火焰魔法和維茲的冰結魔法互相碰撞，導致附近的土地變成非常不得了的狀態。

地上隨處結著白霜，偶爾還可以發現沸騰到冒泡的區塊。

這是怎樣太殺了吧，這就是真正的魔法戰啊——！

「喂阿克婭，我現在猛烈地覺得感動不已。沒錯就是這樣，這樣才是奇幻世界嘛！會飛的蔬菜、田裡長秋刀魚、怪物色誘人類還設陷阱給人家跳之類的一點都不奇幻！這種真正的魔法才稱得上是異世界！」

「請等一下和真，你這樣講聽起來就好像在說爆裂魔法不是真正的魔法似的。你平常看到的明明就比那種窮酸魔法還要厲害許多吧。」

我感動到渾身顫抖，惠惠卻在一旁掃興。

「那種無論對方是強敵還是什麼總之只要打一發就會贏的東西，並不是我所期望的魔法戰。爆裂魔法沒有情調可言。既沒有力量平衡，更遑論爾虞我詐，根本只是打中就了事的賭博嘛。」

「你說什麼！」

惠惠勃然大怒，但我現在沒空理她。

我必須將我所期望的奇幻戰鬥好好烙印在眼底才行！

「唔，不愧是冰之魔女！『Crimson Laser』————！」

「『Crystal Prison』！迪克先生，請等一下！拜託你，我們好好談談吧！」

迪克發出的紅色熱線撞上出現在維茲身前的大冰塊，散射出紅光。

以前去紅魔之里的時候我也看過各式各樣的上級魔法，不過兩名魔法師以決鬥的形式對著彼此施展魔法激烈對抗，果然令人血脈賁張。

正當眼前展開有如動畫般的光景時，我聽見一段熟悉的詠唱，便立刻壓制住惠惠。

「妳到底想幹嘛啊！為什麼在這種重要時刻不能乖乖待著不動啊！」

「還不是因為和真對那種虛弱的魔法比起對爆裂魔法顯得還要有興趣！看見和真看著其他魔法師發出來的東西看到眼睛發亮，我就覺得心底一陣疼痛！之前和真差點被達克妮絲拐走的時候，我都還沒有這種感覺呢！」

「妳嫉妒的標準到底是擺在哪裡啊！那是他們兩個的決鬥，所以不可以從旁插手，好好看下去吧！」

她大概是想用爆裂魔法從旁掠奪最搶眼的表現機會吧。

眼睛閃現光芒，開始詠唱魔法的惠惠被我抓著壓倒在地面上，不住掙扎。

迪克和維茲到處移動，以長在附近的樹木為盾，雙方互相以魔法攻擊。

不過，這與其說是互相攻擊……

「為什麼妳沒有任何一點像樣的攻擊！妳這是看不起我嗎，『Lava Swamp』！」

「『Freeze』！『Fire Resist』！燙燙燙……！我既不打算打倒你，也不打算辭去現在的工作！巫妖不怕魔法，無論你出多少招我都會忍到最後，讓你自願放棄！」

腳邊化為熔岩沼澤，維茲便施展「Freeze」加以冷卻，使沼澤瞬間固定，再詠唱抗火魔法，藉此成功脫逃。

相較於一股腦連發攻擊魔法的迪克，維茲則是靈活運用各種魔法。

「吶和真，身為十字騎士，我是不是應該介入兩人之間阻止他們一決勝負比較好啊？照這樣看來維茲對這場決鬥不是很有興趣。好吧，這裡就由我來……」

「『Bind』！夠了，妳也給我乖乖待著別動！應該說妳只是想要衝進上級魔法的火網之中對吧！」

「唔……！在這種狀況下用『Bind』綁住我，讓我看得到吃不到，你這個傢伙還是一樣很懂得刺激我的神經啊……！」

我使用「Bind」綁住打算擾亂這場決鬥的達克妮絲，然後對著維茲大喊：

「維茲，妳也差不多該拿出真本事來了吧！否則就是對不起對手了！」

然後讓我欣賞一場更加熱烈的戰鬥吧！

「你這個呆瓜在說什麼啊！從剛才開始就只會妨礙惠惠和達克妮絲，真是夠了喔，快點支援維茲！」

阿克婭這麼嚷嚷，但是根據我的判斷，級別比較高的是維茲。

既然不需要擔心她會輸的話，身為一個玩遍各種遊戲的玩家，都然非得把這幅光景全部烙印在眼底才行……！

「話不能這麼說啊！之前一直那麼熱情地追求我的人，突然要我和他戰鬥，我又怎麼辦得到……！」

對於我的聲援，內心糾結的維茲如此回應。

然而，就在這個時候。

之前面露焦急的表情拚命施展魔法的迪克，露出心意已決的神情表示：

「看來妳果然是看不起我啊！既然如此，我就讓妳沒辦法那麼悠哉！這招如何啊？『Sanctuary』！」

說完，他變出一個大到足以包圍整個公墓的神聖魔法陣。

「咦————！痛痛痛痛痛痛痛！」

突如其來的神聖魔法，讓維茲無法因應，就此中招。

從魔法陣當中靜靜飄上來的粒狀光芒碰到維茲的身體便隨之一閃。

「神聖魔法？喂阿克婭，大法師應該沒辦法用神聖魔法對吧？」

「那是當然。能夠使用神聖魔法的只有祭司和大祭司，還有十字騎士而已喔。不過那個人也用了上級魔法對吧。為什麼他連神聖魔法都有辦法用啊？」

沒有理會我們的疑問，迪克瞪著維茲，舉起手對準她。

迪克大概是在魔法陣上灌注了魔力吧，從底下往上噴的粒子的威力變得更強了。

「嗚嗚嗚嗚……！迪克先生，請你回想起來！回想起你和我第一次相遇的那一天！當時你突然脫掉長袍往我衝過來，想要讓我看你的裸體呢……！」

「不要突然說那種不應該讓別人聽見的話！這裡有不認識的人所以我不能脫，不過那是有原因的！」

我記得那招叫作「Sanctuary」的神聖魔法在阿克婭對維茲施展的時候，維茲差點就要當場遭到淨化了。

看來迪克施展的神聖魔法的威力不及阿克婭。

忍受著那陣微光的同時，維茲繼續傾訴：

「迪克先生，第二次見到你的時候，你對我這麼說過對吧……『我滿腦子只想著妳，只管一心一意地不斷鍛鍊這身本領！』。除此之外你還說『只要是有關於妳的事情我都知道！換言之，我可以說是這個世界上最了解妳的人！』……！即使形式不太一樣，這都是第一次有人那麼強烈地想著我……！」

「妳到底在說什麼！應該說，妳也差不多該拿出真本事了吧！即使妳再怎麼強，繼續這樣下去也會消失喔！」

迪克露出困惑的表情，同時對無意反擊的維茲如此表示。

面對這樣的迪克，維茲像是在安撫不聽話的幼兒似的說：

「老實說，聽你說到那個份上讓我有點開心。但無論你再怎麼說，我都不打算辭去現在的工作。而且，我對你也還不是很熟悉。所以……」

忍受著那陣微光的同時，維茲露出溫柔的微笑。

「如果先從交朋友開始，這樣不行嗎……？」

四下陷入一片寂靜。

至於迪克，他露出一臉不知道自己到底聽見什麼的表情。

「太好了！妳終於說出口了維茲！說的也是，突然就決定結婚也太快了！」

「……啊？」

阿克婭出聲歡呼並且這麼說，讓迪克發出乾啞的叫聲。

或許是因為這樣而鬆懈了，籠罩著公墓的魔法陣失去力量，隨後消失。

「也是，這樣大概是最圓滿的收場方式吧……你叫迪克對吧。之前那次，該怎麼說呢，是以試探你為名目的搭訕行為。要是你因此誤以為我是個輕浮的女人我也很傷腦筋。不過真是太好了呢，你沒有一下子就被甩掉。」

「…………啊？」

達克妮絲對迪克一笑，讓他再次發出疑問之聲。

「我覺得以維茲而言有這樣的表現已經很努力了喔。不過，你叫迪克對吧。你大可以放心。我不知道你誤會了什麼，但是維茲已經沒有在碰房仲委託的臨時除靈工作，也沒有在負責安撫這個公墓的鬼魂了。所以你已經不需要擔心了喔。」

「……………………啊──？」

惠惠帶著苦笑這麼告訴迪克，而迪克還是露出這些傢伙在說什麼啊的眼神……

「從剛才開始，妳們說什麼交朋友，又說什麼結婚的，還說什麼不用擔心，到底在說什麼啊？我真的不知道妳們是什麼意思。」

迪克臉上掛著困惑和疑問，陷入極度的混亂。

「你在說什麼啊？維茲是說，要她突然辭去工作立刻和你結婚這點她辦不到，不過你們可以先從朋友交起。真是太好了呢，表面上是被甩掉了沒錯，但你還有希望。」

阿克婭告訴他的這句話，讓一開始還不知道她們在說什麼的迪克，慢慢開始整個人顫抖了起來……！

「妳、妳們幾個是白痴嗎！為什麼我得和巫妖那種不死怪物結婚啊！妳們是怎麼解釋什麼部分才會變成這樣！而且還要先交朋友！這到底是在開什麼玩笑啊！」

「咦咦！」

迪克這番話讓維茲大受打擊，驚叫出聲，阿克婭她們的臉色也瞬間大變。

「等一下，哪有人被甩掉了就說那種話啊！你太急於追求結果了！突然就說要結婚當然不可能啊，那還用說嗎！一開始還是先忍耐一下從交朋友開始吧！」

「所以說！為什麼前提是我對那個女的有好感啊！妳們的腦袋是不是有問題啊！這還只是我和那個女的第三次見面耶！」

激動到眼中充滿血絲的迪克這麼說，但惠惠嗤之以鼻。

「你都變成跟蹤狂到處跟著維茲了，事到如今還在說什麼啊！而且叫她辭掉現在的魔道具店工作，走入家庭的也是你吧！」

「啊——？」

迪克仰天思索了一下，最後雙手掩面。

「……我要那個女人辭掉的，是魔王軍幹部的工作……」

「…………啥？」

對於惠惠的疑問之聲，迪克以小到像蚊子叫的聲音表示：

「我說，我指的是魔王軍幹部的工作。和魔道具店無關……」

一臉疲憊不堪的迪克揭開身上的披風，脫掉衣服。

除了我和阿克婭以外的人都準備轉過頭去，這時維茲突然大叫：

「啊啊！那、那是魔王軍的……！」

於是我看向迪克的胸口，上面紋了一個沒見過的徽章。

維茲似乎是對那個部分感到驚訝，但我們的眼睛看到的是別的地方。

「啊——！怎麼，原來你是墮大使嗎！你那麼討厭惡魔和不死者，我還以為是個現今少有的好人呢，你不也是忤逆神祇的愚蠢之徒嗎！」

「少、少囉嗦！我才要說妳呢，不但和我一起大罵不死者和惡魔，還說艾莉絲女神的壞話聊得那麼起勁，我還以為妳是個和我很合得來的同伴，結果妳那個打扮是怎樣！原來妳是神職人員喔！」

迪克裸露的背上，長著顏色漆黑的羽翼。

從阿克婭的發言判斷，這個傢伙似乎原本是天使。

既然胸口紋了魔王軍的徽章，就表示這個天使已經墮落，現在是魔王軍的爪牙了吧。

阿克婭露出跩到不能再跩的表情，抬頭挺胸對著憤怒的迪克說：

「笨蛋，你以為我是誰啊？區區墮天使，還是在我面前拜倒在地吧！我的名字是阿克婭！在全國有兩千萬信徒，阿克西斯教徒崇拜的對象！女神阿克婭就是我本人！」

迪克瞪大了眼睛之後……！

「什麼嘛，原來只是個有病的女人啊……」

「你給我等一下——！」

快要氣哭的阿克婭突然察覺到一件事。

「話說你也太狡猾了吧！原來你就是因為這樣才可以用神聖魔法啊！明明是因為忤逆神祇而墮天之身，碰上危機的時候還打算借用眾神的超強力量，自己不覺得這樣很丟臉嗎！」

「少、少囉嗦，我們天使成天都被眾神頤指氣使！既然如此，稍微借用一下力量當成代價也不會怎樣吧！說起來，那不過是在回收眾神拖欠的薪水罷了！更何況，不說你們還不知道，女神這種存在各個都……」

就在他說到這裡的時候。

「呼哈哈哈哈哈哈！呼哈哈哈哈哈哈哈！」

兼具邪惡與傲慢，聽起來就很瞧不起人的笑聲。

聽見這個笑聲在公墓之中迴盪我才發現，也不知道那傢伙是什麼時候出現在那裡的。

「歡迎來到這個邊境城鎮，汝，渴求魔王軍幹部之位的不自量力之徒啊。原本是可恨的神祇的跑腿小弟，墮天之後變得更窩囊了呢！」

穿著一身筆挺的燕尾服，以面具蓋住臉部的高大男子。

號稱千里眼惡魔的地獄公爵，大惡魔巴尼爾就站在公墓當中一處特別高的地方。

6

「看來吾沒有錯過最精采的部分呢！哎呀哎呀，差點就趕不上這次的一大盛事了！」

巴尼爾以滑稽的語氣這麼說，不過他口中的一大盛事指的是什麼啊？

這個傢伙原本也是魔王軍幹部，他們該不會互相認識吧？

「……巴尼爾大人，這是我和維茲的問題。即使您原本是魔王軍幹部，還是請您不要插手。」

大概是為了牽制巴尼爾吧，迪克慢慢後退，同時顯露出警戒感。

就在這個時候。

「……你騙了我嗎？」

維茲連看都沒有看突然闖進來的人一眼，低著頭輕聲這麼說。

「也不能說我騙妳吧。我從一開始就打算賭上魔王軍幹部之位和妳一決勝負。第一次見到妳的時候，我不是打算脫衣服嗎？那個時候，我原本是打算讓妳看我胸前的徽章，並加以說明。」

迪克老實回答，而維茲依然低著頭讓人看不到她的表情。

「……………我、我還以為你是要向我求婚……而且，我還以為這是有生以來第一次有人向我告白……」

「這、這樣啊，那我還真是有點對不起妳。不過，說來有點失禮，但是妳的會錯意未免也太誇張了點。哪有人會向只見過三次面的人求婚啊？」

完全無誤。

他說的確實完全無誤，但是現在的維茲根本聽不進去。

「我我、我一度還為了到底要不要辭去店裡的工作而認真煩惱，不斷煩惱……！可是這樣巴尼爾先生太可憐了，所以想說還是該拒絕你才來到這裡……！玩弄嫁不出去的巫妖的心那麼好玩嗎！不可原諒！我還是第一次嘗到這種屈辱！還是人類的時候，我和巴尼爾先生對決時曾經被他耍得團團轉，那個時候我都還沒有感覺到這麼屈辱！原、原本以為有人向我求婚，沒想到……！」

「———！———！呼哈！呼哇———哈、哈、哈、哈！」

沒有理會暴怒的維茲，不知道到底是覺得什麼事情那麼好笑的巴尼爾笑到快要岔氣，笑到在地上打滾，整個人縮成一團。

「巴尼爾先生，這到底有什麼好笑的！應該說我不用猜也知道你連情況會變成這樣也透視到了對吧！……啊！這麼說來，你在說『千里眼惡魔在此宣言！當汝回應那個男人的心意之時，能夠享受前所未有的至上歡喜及幸福之人將隨之誕生！』指的就是這件事吧！享受至上的歡喜及幸福之人，指的是吃得到我的負面情感的巴尼爾先生對吧！」

「呼哇———哈、哈、哈、哈！嘩哈哈哈哈哈哈！真是極品啊！好久沒有嚐到如此優秀的極致負面情感了！美味啊！太美味了！呼哇———————！」

「巴尼爾先生！」

淚眼汪汪的維茲如此斥責捧腹大笑的巴尼爾時。

「不、不是，關於這件事也算是我不好！不過，我也有我的說詞！要不是妳住在這種眾人居住的城鎮，我大可以一開始就秀出徽章向妳挑戰。我能夠那麼做的話根本就不會產生那些誤會。沒錯，正因為妳不顧幹部的工作，跑到人類的城鎮這種地方來生活，我才會覺得不能將幹部的責任交給這種沒出息的傢伙，因而奮起！」

聽迪克反過來指責她，維茲猛然抬起頭來。

「我也不是自願擔任魔王軍幹部的！是魔王先生說找不到其他擁有強大魔力足以維持結界的人選，再三向我拜託我才答應的！現在你居然說我沒出息……！」

「沒出息這三個字是千真萬確吧！如今魔王軍幹部的人數減少，終於已經到了難以維持結界的地步了！而且，就連位於和人類交鋒的最前線的要塞也遭到攻陷，長期以來暗中進行的疏通策略也失敗了。」

……嗯？

「收集情報之後，我們調查到這一切都和站在那裡的那個看起來很弱的男人有關。我一開始還覺得他不過是個會死在狗頭人手下的雜碎而掉以輕心，現在才落到這個下場……沒錯，就是你，佐藤和真。」

怎麼矛頭好像指到我這邊來了。

「我在酒吧遇見你的時候，你確實是這麼說的對吧。『我支持你』。現在想來，你是先在那個時候讓我鬆懈防備，現在才像這樣為了包圍我連巴尼爾大人都請出來了。哼哼哼，好一個策士啊。」

在我跟不上他的話題的這段時間內，迪克也擅自加深了自己的會錯意。

不過，我也不會因此而碰上什麼麻煩，要說無所謂倒也沒錯。

這種時候是不是應該配合他一下，說什麼虧你可以察覺到這一點之類的啊。

「我已經回函向魔王陛下報告此事。不久之後，這個城鎮就會成為魔王軍的最重要攻略據點了吧。」

「真的假的。」

這個傢伙竟然幹出這種好事來。

好不容易各方面都已經塵埃落定，我的後宮生活終於要開始了說……！

也不知道我的內心如此糾結，迪克露出狂妄的笑容。

——接著正當他打算開口繼續說下去的時候，突然整個人飛得老遠。

我還無法理解發生了什麼事情，只是看向迪克飛出去的方向。

「咦咦……」

只見被彈飛的迪克嵌進了一塊墓碑裡面。

迪克搖搖晃晃地站了起來，視線指向某個地方。

位於那個地方的，是看似以無詠唱方式施展了魔法之後，手掌依然對著迪克的維茲。

「這個城鎮即將成為最重要攻略據點？……這裡會遭受攻擊？」

聽見維茲的語氣變得冰冷到不能再冰冷之後，有人用力抓住我的衣襬。

我轉頭一看，是看似有點嚇到的阿克婭緊緊貼在我身旁，躲在我背後偷看維茲他們。

「嗚、喂和真，情況好像有點不太妙吧？我開始覺得沒有心情享受這種玩法了。可以幫我解除你的『Bind』嗎？」

被「Bind」緊緊綁住的達克妮絲不斷蠕動，不過我現在沒空理她。

之前有那麼唯一的一次，我曾經看過像這樣真正動怒的維茲。

「妳、妳總算願意認真了啊。話說回來，不愧是巫妖。無詠唱還能夠立即發出威力那麼強的魔法，看來這麼多年妳並沒有白活……」

在說到最後之前，迪克又中了一發看不見的魔力彈，再次被嵌進墓碑裡面。

維茲都已經氣成這樣了還拿年齡來挑釁她，那個傢伙該不會其實相當愚蠢吧。

「和真，總覺得事情的發展越來越詭異了。我個人是覺得繼續維持這個被喜歡的人壓倒在地上抱緊處理的狀態也還不壞，也不是要學達克妮絲說話，不過差不多該放開我了吧？我覺得姑且應該做好隨時可以施展魔法的準備……

「要是讓妳自由行動的話妳又會不看場面只想撿尾刀吧。放心吧，事情可以放心交給變成那樣的維茲處理。等著看就對了。」

對惠惠如此回話的同時，我持續觀望著事態的發展。

沒錯，之前就是在我們去阿爾坎雷堤亞的那次，管理溫泉的老爺爺被魔王軍幹部漢斯吃掉的時候。

維茲說好不攻擊魔王軍的條件之一，好像是不干涉一般老百姓，而漢斯打破了這一點才被轟成一塌糊塗。

正當我握緊拳頭，興奮不已地期待著接下來會有怎樣的熱血發展時，不知不覺間來到我身旁的巴尼爾說了：

「小鬼，接下來可別移開視線啊。千里眼惡魔在此宣言。接下來可以見識到極為美妙的光景。」

聽巴尼爾極為愉悅地這麼說，我不禁苦笑。

這個傢伙明明口口聲聲叫維茲快點嫁人，現在卻說維茲為了保護阿克塞爾而即將與迪克正面衝突的模樣是極為美妙的光景呢。

說不定，這個傢伙其實和我一樣，對自己的心情不太誠實。

「唔──────！『In』、『Infe』……」

「『Cursed Crystal Prison』。」

渾身上下圍繞著冰冷氣息的維茲，在迪克即將發出的那招灼熱的業火魔法發動之前整個關進冰之牢籠當中。

並非全身結凍，只有上半身被包在冰塊裡面，無法呼吸也無法說話的迪克帶著蒼白的臉色，不斷以被冰塊包起來的身體撞擊地面。

不過光是這樣似乎傷不到冰之牢籠分毫，不久之後迪克開始欲振乏力……

「要投降嗎？」

維茲詢問這樣的迪克。

她的聲音是那麼靜謐，教人懷疑被關在冰塊裡面的迪克到底聽不聽得見……

不過，被冰塊包住的迪克以意識模糊的視線看向維茲，在幾乎站不住的狀態下點了頭。

──從冰塊當中獲得解脫的迪克劇烈咳嗽，不支倒地。

在這樣的狀況下，阿克婭與高采烈地衝向維茲。

「太厲害了維茲！沒想到妳會因為被甩掉而為了洩憤將對方逼迫到瀕臨死亡的地步，真有妳的！」

「請等一下阿克婭大人，我並不是因為被甩掉想洩憤才做出那種事情來！」

對於阿克婭一點也不含蓄的說詞，維茲淚眼汪汪地抗議。

看見她一如往常的模樣，我總算鬆了口氣。

「喂巴尼爾，你為什麼不早一點告訴維茲是她會錯意啊。這樣一來事情也不會鬧到這麼大，只要隨便決鬥一下就可以了事了吧。」

「這麼說來確實是這樣！喂巴尼爾，我被迫去搭訕那個男人也是你害的！」

巴尼爾開心地笑著打發掉我和達克妮絲的抱怨。

「吾才管不了那麼多呢。為了自己的珍饈，吾什麼都做得出來。沒錯，就好像那個被汝等兩人喜歡上而囂張起來的後宮小鬼，若是哪天突然被汝等嫌棄，棄之而去的話，一定也可以讓吾品嚐到極致的美味吧。」

「別、別這樣喔。不是，拜託你真的不要這樣……改天我再去你們店裡買點沒用的商品就是了……」

我以微弱的聲音這麼拜託他，巴尼爾便揚起嘴角笑了一下。

「而且……事態並未就此結束。」

「……啊？」

聽巴尼爾這麼說，我忽然有點好奇，看向應該已經重獲自由的迪克……

「那、那個傢伙在幹嘛啊！」

接著便目睹了不尋常的光景，讓我不禁驚叫出聲。

在我們剛才一來一往地說著那些傻話的時候，迪克似乎臨時畫了一個魔法陣站在上面，不知為何拿著黑色的小刀抵著自己的胸口。

「幹得好啊！快看吧小鬼！那個傢伙佯裝投降，實則執行了魔道的奧義之一，化身為巫妖的儀式！呼哈哈哈哈哈，因為想要力量，竟然想化身為自己厭惡忌避，直到方才都還在辱罵的不死怪物！呼哈哈哈哈哈，實在是太滑稽了！」

事態都已經變成這樣了，這個傢伙怎麼還可以這麼開心啊！

迪克就連在化身為巫妖之前，都能夠在某種程度上對抗維茲了。

這樣的一個強者……

「妳太大意了維茲……咳哈……！看吧，看看湧現出來的這股強大的魔力……啊啊，黑色短劍刺進去的地方緩緩湧現出力量……！我感覺到全身上下每個細胞一一失去生命，同時也逐漸變成不死的肉體！儘管已經墮落，我原本也是天使之身，唯有這招我實在不想用，不過這也是無可奈何的事情……好了，和我一起展開不死者與不死者的無盡之戰──！」

要是變成了最強的不死者──巫妖的話……！

「『Sacred Turn Undead』。」

「噫呀啊啊啊啊啊啊啊啊啊！」

就會變成這樣。

在他淪落為巫妖的瞬間，完全不打算識相的阿克婭便使出淨化魔法。

放聲尖叫的迪克的身影變得越來越模糊，這時一臉哀傷的維茲緩緩走到他身邊，把手放在他身上。

「啥啥啥啥……現在到底發生了什麼事……！我應該已經變成最強的不死者——巫妖才對啊，這到底是……！」

「都是因為和我扯上關係，你才會變成這個樣子……我至少應該讓你以感覺不到痛苦的方式逝去……『Drain Touch』……」

維茲從她觸碰的部分大量吸走魔力，讓迪克的身影變得更為稀薄。

「住手，請妳住手！等一下，這是誤會！是誤會啊！」

領悟到自己即將消失的迪克似乎是想抓住最後的希望，對著我們當中看起來最好講話的維茲哀求。

「誤會？你甚至都變成巫妖了，到底還有什麼好誤會的？」

再怎麼樣維茲似乎也沒有濫好人到會在這種狀況下受騙，聲音聽起來相當緊繃。

「首先那就是一個誤會！我我、我之所以變成巫妖……沒錯，並不是為了找妳復仇，而是一起成為不滅的存在，成為巫妖和妳走在同樣的道路上！」

這個怎麼聽都像是剛才想到的藉口，終於讓溫和的維茲也……

「怎、怎麼可能……你、你別想騙我，說再多那種甜言蜜語我也不會上當！」

不，感覺意外可行。

她的態度就連首當其衝的迪克也愣了一下，不過隨即回過神來。

「我、我怎麼會騙妳呢！和妳戰鬥過之後，我終於發現了真實的愛。不，妳放心，我不會突然就說要結婚。所以……正如妳一開始說過的，我想請妳和我先從交朋友開始來往！」

「先、先從交朋友開始……」

糟糕，看來對於沒有戀愛經驗的剩女巫妖而言，那個視覺系墮天使是她的天敵。

我開始煩惱在維茲就這樣被沖昏頭之前，要不要乾脆先叫惠惠轟殺他，就在這個時候。

巴尼爾一副像是在期待什麼的樣子，就連嘴角也顯示出他的興奮，卻也毫不掩飾這一切，對著維茲說：

「容易上當的濫好人老闆啊，吾告訴汝一件事。那種低等到會墮天的天使族就和惡魔一樣，沒有固定的性別喔。」

一聽見這句話，維茲奮力推開迪克，高聲詠唱咒文。

「不……！等……！」

對著有話想說的迪克。

「『Explosion』！」

在巴尼爾狂笑到喘不過氣，倒在地上打滾之際，淚眼汪汪的維茲釋放了爆裂魔法——！

維茲魔道具店的門上，難得掛著打烊的牌子。

「哇啊啊啊啊啊啊！太過分了，這樣太過分了啦～～～～～～～～！」

在店裡的是依然潸潸淚下，哭得不停的維茲，還有在她身旁拚命忍笑的巴尼爾。

說到最近這一陣子的巴尼爾，看起來真是容光煥發，幸福到不行的樣子。

幾乎每天都會產生的不甘心的負面情感一定讓他相當滿意吧。

「好了維茲，我分妳一點我們家收割的蔬菜就是了，快打起精神來吧。放心吧，妳是個本性善良的好孩子，一定會遇見好男人。」

「嗚嗚，阿克婭大人……真的嗎？我總覺得只會維持現狀，只有時間不斷流逝……」

趴在櫃檯上哭的維茲聽見阿克婭的話，瞬間抬了一下頭。

「時間再怎麼流逝也沒問題啦，反正妳根本就是不老不死啊。換句話說，妳不需要因為害怕老化而妥協。這是非常大的優勢喔。」

聽阿克婭隨便這麼安慰她，維茲的表情變得開朗了起來。

「說、說的也是，我的歲數並不會增長！我既不需要著急也沒必要妥協對吧！」

「汝只是不會老化，戶籍上的年齡還是確實會持續增加。」

「你這個古怪惡魔不要多嘴！你看維茲又開始哭了！」

雖然在維茲還在哭的時候這麼想很對不起她，但是吵鬧的店裡對我而言是一如以往的日常，這讓我鬆了口氣。

迪克說，魔王軍將這個城鎮列為最重要攻略據點。

不過以目前來說，這個和平的新手城鎮一點都沒有會遭受襲擊的氣息。

真希望現在的生活可以一直持續下去……

就在這個時候。

「夠了，到底要抽抽搭搭地哭到什麼時候啊，汝這個失戀老闆！是時候該收起淚水，快點開始顧店了吧！汝不是要實現和吾約定好的事情嗎？以這樣的狀態繼續經營下去，汝知道想打造出吾之地城到底得花上幾百年嗎？雖然吾也不會死，但人類若是在地城完成之前滅亡的話就沒有意義了。」

「那種事情不需要你說我也知道……反正我是巫妖，即使能夠和哪個人結為連理，伴侶遲早也會先一步離開，注定要孤零零地凋零……人類滅亡之後，我一定還是形單影隻……」

或許這次的事情對她的打擊真的很大吧，維茲一直像這樣哭哭啼啼的，而巴尼爾對這樣的她重重嘆了口氣。

「真是的……不老不死的存在並非只有汝一個。吾等惡魔族同樣不會老也不會死。未來地城完成後吾被冒險者擊敗的那一天來臨之前，至少還有吾會搭理汝，所以別再哭哭啼啼的了，吾之友人啊。」

聽他這麼說，維茲微微抬起頭。

「……換句話說，如果地城一直都無法完成，巴尼爾先生就會一直和我在一起嘍？」

「好，吾的短期目標就是從汝的手上搶走經營權了。也罷，對付那種程度的對手汝想必也是不完全燃燒吧。吾也很久沒有和汝戰鬥了！」

巴尼爾拎著維茲的後領，將她拖到店外去。

「請等一下巴尼爾先生，我剛才那只是說說罷了！不好意思，對不起！我會努力的！我努力就是了請原諒我吧！」

冬季將至的空氣是如此清澈。

在清朗的天空下，維茲的哭聲響徹阿克塞爾——

「——這次也圓滿收場了呢，太好了太好了。」

「看見那個狀況還可以說出圓滿收場這種話喔，你是認真的嗎？」

離開魔道具店的歸途。

我們一起在路上買東西邊走邊吃，一下子繞到別的地方去，悠哉地回豪宅去。

「……結婚啊。達克妮絲是貴族家的獨生女，所以這種事情對妳而言也不算是事不關己吧？」

惠惠這番話，讓達克妮絲眼神飄忽了起來，看起來舉止可疑。

「我、我們家父親大人是很明理的人，所以關於這個部分，我比其他貴族還要自由……話說回來，以年齡而言我是差不多該好好考慮了。不過，要論年齡的話，應該還是阿克婭排第一個吧。」

「吶和真，告訴你一件我最近才知道的趣事。那個啊，達克妮絲的房間裡啊，有一本專門寫每天和我們的生活的，令人莞爾的日記。不過我要講的不是那個，而是在她放日記的地方下面有個奇怪的機關，裡面放的是專門寫達克妮絲的妄想……」

「阿克婭，妳過來這邊一下！我明明都有鎖好，妳是什麼時候進我的房間的！妳到底知道多少？」

達克妮絲打斷了阿克婭要說的趣事，把她帶到一旁去。

走到即將看見豪宅的地方，惠惠忽然開了口：

「和真將來想要幾個小孩啊？」

「噗呼！」

她毫無脈絡可循地突然冒出這句話，害我不禁噴出嘴裡的東西。

老實說我並不討厭小孩。

不對，真要說的話我應該算是喜歡小孩的人。

然而，我之前才剛向巴尼爾買了以防不時之需的紳士用品。

正當我煩惱著這種時候應該怎麼回答才算正確，就看見豪宅的大門前有人在等我們。

站在那裡的是手上捧著一大堆伴手禮的紅魔族。

每次都會乖乖帶那種東西來的，當然只有那麼一個人。

「是芸芸啊。妳是因為跑來玩卻發現我們不在，才在這裡等嗎？我們今天要玩什麼？現在的我正因為許久沒見到的別人的爆裂魔法而情緒高漲。這種時候應該去湖邊，比試一下看誰可以抓到比較多魚……」

然而，芸芸看起來不太對勁。

這是那個吧，又要拜託我解決麻煩的那種狀況對吧。

再怎麼說我好歹也是有學習能力的。

「那個，是這樣的……我有件事情，想拜託和真先生……」

看吧，果然如我所料。

不過，惠惠先一步擋到我的身前，像是在掩護我似的。

惠惠的眼睛閃現紅光，把臉湊到幾乎要和芸芸貼在一起的地方，像是在威嚇她似的質問道：

「妳到底找和真有什麼事情？每次都這樣，大家每次都只會依賴這個男人，都不覺得這樣很丟臉嗎！」

「還不是因為妳害我在考驗中失敗兩次了，我已經沒有退路了啊啊啊啊啊啊啊啊啊！」

芸芸的吶喊，在晴空中迴盪——

後記

感謝各位購買《為美好的世界獻上祝福！》第十三集！

光陰似箭歲月如梭，以這個系列出道成為作家的我，至今終於也成為四年選手了。

職涯累積到這裡原則上可以算是資深作家的一員，所以稍微對編輯要點任性也可以得到通融。

比方說，為了寫出好的作品想收集資料的話，請編輯跑一趟異世界找活生生的哥布林拍個照這種程度的事情只是小菜一碟，包下新宿車站一整天讓我在建築物裡面玩捉迷藏也不算什麼。

相較之下，不設所謂的截稿期限，暫時讓我當一陣子尼特這種事情，更是簡單到有如扭斷小嬰兒的胳膊一樣不行是吧，不好意思，今後我也會繼續努力。

言歸正傳，本集主要是維茲與巴尼爾的故事。

說來說去這兩個人的關係就像和真與阿克婭一樣，只不過其中一邊根本沒有所謂的性別，所以戀愛喜劇也無從開始。

所以剩女老闆是永遠的（下略）

如此這般，下一集將會是紅魔族的故事。

最近沒什麼存在感的邊緣少女究竟是會得救呢？還是報名台詞當中「終將成為紅魔族族長之人」這串會遭到變更呢？

這個部分還請各位務必留意下一集！

——對了，我出了一本名為《戰鬥員派遣中！》的新作品。

內容是描述即將完成征服世界目標的邪惡組織的基層戰鬥員，為了找尋下一個侵略地而被派遣到其他行星的故事。

是一部由接受過改造手術的戰鬥員，使用現代武器和魔王戰鬥的奇幻作品。

如果各位有興趣的話，還請多多支持這部作品！

如此這般，這一集其實給許多人添了有史以來最大的麻煩，不過總算能夠出版了。

這一切的一切，全都是由三嶋くろね老師為首，以及全體工作人員的功勞。

這本書能夠交到各位讀者手上，都得感謝全體工作人員。

同時最重要的，還是要向拿起這本書的各位讀者，致上最深的感謝！

暁なつめ

後記

NEXT

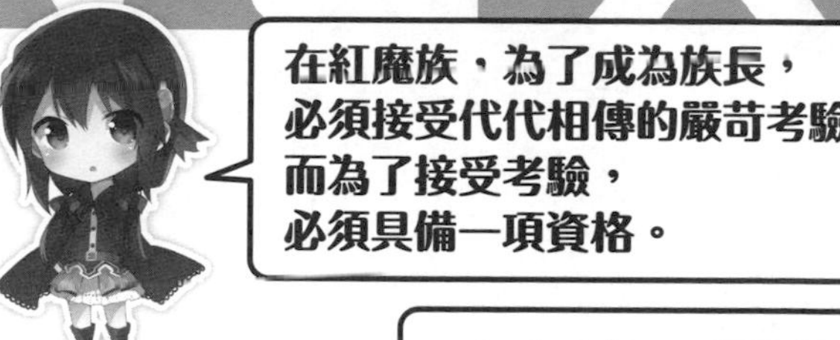

那個資格就是
要帶一個自己能夠
信任的**夥伴**。

喂阿克婭，
光是帶那種東西會口渴。
也帶點水果去吧。

我可以**變水出來**，
所以**不用準備飲料**！

COMING SOON!!

請、請問，哪位可以
當我的搭檔……！

為美好的世界獻上祝福！14

戰鬥員派遣中！ 1 待續

Kadokawa Fantastic Novels

作者：暁なつめ　插畫：カカオ・ランタン

「一個世界不需要兩個邪惡組織！」
操起現代武器，開始進軍新世界！

眼見征服世界的目標即將實現，為了擴大版圖，「祕密結社如月」將戰鬥員六號作為先遣部隊派遣至新侵略地，但他的各種行動都讓幹部們傷透腦筋，更強烈主張自己應該加薪。然而，他接著卻傳回了號稱魔王軍的同業，即將消滅看似人類的種族的消息——

魔王大人的究極饗宴 ~大排長龍的魔王食堂~

作者：多宇部貞人　插畫：zpolice

且看美食偏執狂魔王和他毫無協調性的部下們
上演一齣熱鬧歡樂的極品美食喜劇！

魔王別西卜正打算享用追尋已久的超級最強套餐時，遭到勇者襲擊，為了保護菜餚而死。然而，對食物的怨念讓他復活了……成為人界頂尖食堂的小開——貝爾!?一心想親手重現究極全餐的他身邊，昔日忠實部下「四艷公」和「魔軍師」齊聚一堂，但是……!?

NT$240/HK$75

廢柴勇者下剋上
藤川恵蔵
Keizo Fujikawa
插畫：ぐれーともす
Kadokawa Fantastic Novels

國家圖書館出版品預行編目資料

為美好的世界獻上祝福!. 13, 給巫妖的挑戰書 / 曉なつめ作 ; kazano譯.
-- 初版. -- 臺北市 : 臺灣角川, 2019.01
面 ;　公分
譯自 : この素晴らしい世界に祝福を!. 13, リッチーへの挑戦状
ISBN 978-957-564-674-5(平裝)

861.57　　　　107019779

Kadokawa
Fantastic
Novels

為美好的世界獻上祝福！ 13
給巫妖的挑戰書

（原著名：この素晴らしい世界に祝福を！ 13リッチーへの挑戦状）

2019年1月19日 初版第1刷發行
2024年4月12日 初版第8刷發行

作　者：暁なつめ
插　畫：三嶋くろね
譯　者：kazano

發行人：台灣角川股份有限公司
總　監：呂慧君
總編輯：蔡佩芬
主　編：林秀儒
副主編：楊鎮遠
設計指導：陳晞叡
印　務：李明修（主任）、張加恩（主任）、張凱棋

發行所：台灣角川股份有限公司
地　址：104台北市中山區松江路223號3樓
電　話：（02）2515-3000
傳　真：（02）2515-0033
網　址：www.kadokawa.com.tw
劃撥帳戶：台灣角川股份有限公司
劃撥帳號：19487412
法律顧問：有澤法律事務所
製　版：尚騰印刷事業有限公司
ISBN：978-957-564-674-5
